CAMINHANDO PARA O
SUCESSO

MILTON PAULO DE LACERDA

CAMINHANDO PARA O SUCESSO

Memórias de um *Workshop*

DIRETORES EDITORIAIS:
Carlos Silva
Ferdinando Mancílio

EDITORES:
Avelino Grassi
Roberto Girola

COORDENAÇÃO EDITORIAL:
Elizabeth dos Santos Reis

COPIDESQUE:
Elizabeth dos Santos Reis

REVISÃO:
Ana Lúcia de Castro Leite

DIAGRAMAÇÃO:
Juliano de Sousa Cervelin

CAPA:
Márcio Mathídios

© Ideias & Letras, 2016
2ª impressão

Rua Tanabi, 56 – Água Branca
Cep: 05002-010 – São Paulo/SP
(11) 3675-1319 (11) 3862-4831
Televendas: 0800 777 6004
vendas@ideiaseletras.com.br
www.ideiaseletras.com.br

Dados Internacionais de Catalogação na Publicação (CIP)
(Câmara Brasileira do Livro, SP, Brasil)

Lacerda, Milton Paulo de
Caminhando para o sucesso: memórias de um Workshop / Milton Paulo de Lacerda. – Aparecida, SP: Idéias & Letras, 2005.

Bibliografia.
ISBN 85-98239-39-9

1. Auto-ajuda – Técnicas 2. Comportamento humano 3. Conduta de vida 4. Liberdade 5. Psicologia aplicada 6. Sucesso I. Título.

05-2655   CDD-158

Índice para catálogo sistemático:

1. Sucesso e liberdade: Psicologia aplicada 158

- *Aos Vencedores.*
- *Aos que não tiveram medo de correr riscos calculados.*
- *Aos que confiaram no poder imenso colocado em seu coração.*
- *Aos que entenderam que "tudo é possível àquele que crê".*
- *Aos que perceberam que "Deus ajuda a quem se ajuda".*

O ROTEIRO DA ESCALADA (SUMÁRIO DE NOSSA AVENTURA)

1. Gente que faz 11

2. Os sonhos de todo o mundo 17

3. Condições para o sucesso 29
– Querer mudar - 30
– Ter objetivos claros e concretos - 32
– Ter respostas às necessidades do mundo - 35
– Dar o passo conforme a perna - 36
– Ter capacidade de discernimento - 37
– Adquirir resistência às frustrações - 38
– Confiar no próprio potencial - 39
– Ter perseverança ou persistência - 40
– Dedicar-se para valer - 43
– Observar as experiências dos outros - 45
– Respeitar a vida dos outros - 46
– Ter motivos fortes - 50
– Desenvolver a autoestima - 53
– Ter competência - 60
– Ligar o "*feeling*" - 61
– Andar em "boa companhia" - 62
– Ser um autêntico vendedor - 65
– Garantir uma boa aparência - 66
– Ser um bom comunicador - 67
– Agradecer todas as coisas - 72

4. Princípios e Critérios 73
Dos Princípios Orientadores - 74
   – Sou aquilo que penso ser - 74
   – Posso muito mais do que imagino poder - 76

– Sorte e azar é a gente que faz - 78
– Tempo é questão de preferência - 81
– Geralmente só se colhe o que se plantou - 85
– É dando que se recebe - 86
– Quem não chora, não mama - 88
– Não é preciso inventar a roda, outros já o fizeram - 88
– Ninguém dá o que não tem - 89
– Ter sempre presente a meta proposta - 89
– A perseverança tudo alcança - 90
– Quem quer vai, quem não quer, manda - 92
– Não existem fracassos, apenas processos
e resultados - 92
– Não lute contra o mal, mas apenas a favor
do bem oposto - 94
– Viva e deixe viver - 95
– Deus ajuda a quem se ajuda - 96
– Mais vale quem Deus ajuda do que quem
cedo madruga - 96
– O que você sente depende da imagem que você faz - 97
– As mudanças em nosso exterior modificam
nosso modo de ser - 98
– Ninguém fala impunemente as palavras que fala - 100

Dos Critérios de valor - 102
– O Urgente é aquilo que não se pode esperar - 102
– O Necessário é aquilo sem o que não
para viver - 102
– O Útil não é necessário, mas ajuda - 103
– O apenas Agradável - 103
– O Supérfluo - 104

Dos Critérios de decisão - 104

5. Planejando o Sucesso 107
– Determinar uma meta concreta - 108
– Levantar o maior número de motivos
para consegui-lo - 109
– Pesquisar e anotar os Recursos Pessoais à disposição - 109
– Ajuda necessária de outros - 110
– Prazos suficientemente definidos - 110
– Custos possíveis - 110
– Obstáculos previsíveis - 110
– Soluções para superar os obstáculos previstos - 115

6.Afinal, o que é o sucesso? 117

7.Como garantir o sucesso 125

8.Um Sonho de Liberdade 139

CAPÍTULO 1

GENTE QUE FAZ

Pela terceira vez se reunia um grupo de pessoas para refletir sobre o tema do Sucesso. Meu consultório parecia sentir-se feliz por acolher novas pessoas interessadas em crescer e em valorizar a própria vida. Algumas talvez teriam lido livros sobre o assunto, pois eles hoje não são raros nas estantes das livrarias. Mas era visível a curiosidade nos rostos. Quase dava para sentir o toque da ansiedade a transbordar de seus olhos.

À medida que se apresentava, cada um ia trazendo figuras que lhe haviam ficado na recordação como tipos bem-sucedidos, independente de notoriedade ou época, atuais ou já inseridos nos anais da História, conhecidos de todos ou patrimônio da memória de poucos. O primeiro apresentado foi Thomas Alva Edison, autor de mais de mil inventos entre os quais o gramofone – tataravô de nossos aparelhos de som – e a lâmpada elétrica. Lembraram o fato tantas vezes citado, de quando a esposa ou certo colaborador do laboratório, lhe estranhou já estar ele na experiência de número 1999 ao tentar fazer uma lâmpada, como se estivesse a perder tempo com tentativas a seu ver comprovadamente inúteis.

Ele respondeu: Estou aprendendo 1999 maneiras de não fazer uma lâmpada elétrica. Não demorou muito e atingiu o objetivo, para surpresa da equipe de trabalho e para alegria hoje de nossos olhos.

Outra figura foi a do psiquiatra vienense, Viktor E. Frankl, então com 91 anos, autor da Logoterapia, linha da análise psicológica existencial calcada sobre a busca do Sentido da Vida. Encarcerado no campo de concentração de Auschwitz, descobriu através do sofrimento, próprio e dos colegas de infortúnio, o que fazer com essa existência que não havia escolhido. Viu morrerem parentes, perdeu ali todos os pertences, em meio à fome, ao frio e à brutalidade, esperando para qualquer momento a sentença de morte no crematório. Essa experiência nua e crua ele a descreve no livro "Em busca de sentido – Um psicólogo no campo de concentração",[1] best-seller escrito em 1945, com cerca de três milhões de exemplares só em inglês, sem falar das edições em outras dezenove línguas. Modestamente, a um repórter que lhe perguntava como se sentia com tamanho sucesso, respondeu que, em primeiro lugar, via no status de *best-seller* do livro não tanto uma conquista e realização de sua parte como uma expressão da miséria de nossos tempos: se centenas de milhares de pessoas procuram um livro cujo título promete abordar o problema do sentido da vida, devia ser questão que muito as incomodava.

Foi ele que afirmou, para alunos na Europa e nos Estados

---

[1] FRANKL, Viktor, *Em busca de sentido – Um psicólogo no campo de concentração*, Petrópolis, Ed. Vozes, 1991.

Unidos, o paradoxo de que justamente o livro chegasse a ser um sucesso, quando o pretendia publicar anonimamente. E repetia: *"Não procurem o sucesso. Quanto mais o procurarem e o transformarem num alvo, mais vocês vão errar. Porque o sucesso, como a felicidade, não pode ser perseguido; ele deve acontecer, e só tem lugar como efeito colateral de uma dedicação pessoal a uma causa maior que a pessoa, ou como subproduto da rendição pessoal a outro ser. A felicidade deve acontecer naturalmente, e o mesmo ocorre com o sucesso; vocês precisam deixá-lo acontecer não se preocupando com ele. Quero que vocês escutem o que sua consciência diz que devem fazer e coloquem-no em prática da melhor maneira possível. E então vocês verão que a longo prazo – estou dizendo: a longo prazo! – o sucesso vai persegui-los, precisamente porque vocês esqueceram de pensar nele".*

Para não fugir da verdade e dos campos de concentração, seria necessário relembrar duas pessoas de sucesso e notoriedade inegáveis, Anne Frank, cujo Diário tornou-se livro de estímulo para várias gerações de jovens, assim como o Padre franciscano Maximiliano Kolbe, canonizado como Santo pela Igreja Católica, o qual generosamente deu a vida por um companheiro de prisão condenado à morte por inanição, e que deveria deixar para trás esposa e filhos. Estranho sucesso, você talvez estará pensando. Entretanto, seus exemplos vêm movendo milhares de pessoas a acreditar na bondade da vida e na vontade de fazer alguma coisa para tornar melhor o mundo em que vivemos.

Outro membro do grupo trouxe o exemplo de um casal idoso, recentemente conhecido num restaurante. O marido estava em seus 91 anos, com dificuldade para enxergar e andar, embora lúcido, enquanto que a esposa vivia seus 80. Contara ela que certo dia estava bordando na sala de casa e notara o marido a olhar para ela com olhar perdido. Ao que ela perguntou: *"Por que você está me olhando assim?"* E ele: *"Ah, eu te amo tanto!"* Com sessenta anos de vida a dois, aquele casamento era um sucesso.

Foram lembrados grandes compositores dos tempos clássicos, como Bach, Mozart, Beethoven, Chopin, Dvorak e tantos outros; concertistas como Guiomar Novaes, Arthur Rubinstein e Fritz Kreiler; pintores da estatura de Rembrandt, Monet e Goya; escultores como Michelangelo e poetas como Castro Alves; educadores como Piaget e psicólogos como Freud e Jung; historiadores como César Cantú e oradores como Demóstenes e Cícero. Desfilaram impressionantes figuras que marcaram a História e ainda influenciam a vida de nossa sociedade, confirmando as palavras acima citadas de Viktor Frankl, de que o sucesso vem por si, embora suponha dedicação de corpo inteiro.

A escritora cearense Rachel de Queiroz, tida entre as maiores romancistas brasileiras e membro da Academia Brasileira de Letras, em entrevista à imprensa respondia à pergunta sobre o que achava dos escritores brasileiros que têm feito sucesso nos últimos anos: *"Em geral, aqueles que têm nome o conquistaram com seu valor".* Depois, à pergunta sobre a importância do *marketing* em comparação com o talento para o sucesso de um escritor, respondeu: *"Eu não acredito em* marketing *como algo fundamental na literatura. Se houver talento, o sujeito rebenta. Monteiro Lobato só fez sucesso depois de muito tempo. Fica difícil sobreviver um longo período só do marketing".*

Em 1993, formou-se em Pedagogia um senhor de 36 anos, defendendo tese de mestrado na Universidade de S. Paulo a 13 de novembro 1996. Roberto da Silva, pois é seu nome, com apenas 5 anos de idade, foi deixado pela mãe com seus três irmãos num educandário no centro de S. Paulo. Transformado este numa das unidades da Febem (Fundação Estadual do Bem-Estar do Menor, da época da Revolução Militar de 1964), tornou-se, como outros internatos sob a proteção do Estado, uma escola do crime, dada a violência ali vivida como elemento regulador das relações entre os garotos. Lá lhe sonegaram muitas informações, a ponto de ainda hoje ter dúvidas sobre sua idade e a cidade de origem. Foi separado dos irmãos que, só a muito custo, conseguiu reencontrar nos últimos anos.

Em 1973, com 16 anos, deixou o último internato, quando estava terminando a 6ª série do 1º grau. Sem dinheiro, começou a morar nas ruas, desistiu dos estudos e se tornou criminoso. Foi preso três vezes, cumprindo pena na Casa de Detenção do Carandiru. Foi então que retomou os estudos e formou-se em Pedagogia, trabalhando como professor de Administração Escolar. Em sua tese mostra, como pesquisador, como outros meninos criados sob a proteção do Estado viraram "fora-da-lei", mesmo sem terem nenhum histórico familiar de marginalidade. Nela afirma que os internatos são escolas do crime, retratando com precisão o sistema ainda em vigor e reconhecidamente desatualizado.

Sua experiência de vida vem mostrar que não importa tanto o ponto donde alguém parte, mas sim o que faz a partir daí. Qualquer um pode desejar algo melhor em sua vida, qualquer que seja a situação em que se encontre. Qualquer um pode almejar o sucesso, porque continuam existindo oportunidades para todos.[2]

---

[2] *Folha de São Paulo*, de 3 de novembro de 1996, caderno 3, p. 7.

CAPÍTULO 2

OS SONHOS DE TODO O MUNDO

Quem é que não alimenta no coração, lá no mais secreto, o sonho de conseguir coisas que façam da vida um sucesso? Aliás, sem sonhos não existem vitórias, sem previsões nada acontece de bom. Ninguém acredita que alguém saia de viagem, sem primeiro ter pensado aonde pretende chegar. Os sonhos são precisamente objetivos acalentados de início no íntimo da alma, como acontecia com aquele pintor, que começava a traçar na tela os primeiro rabiscos com o pincel. Pouco a pouco foi vendo, ele mesmo, a belíssima flor que antes criara na mente e só depois aparecia em forma de pintura.

Algo semelhante sucedeu a Michelangelo. Idealizara a estátua majestosa de Moisés, sentado em sua cátedra de patriarca, profeta e condutor do povo hebreu na busca da Terra Prometida. Terminada a obra-prima, possuído de entusiasmo diante de sua beleza, não se conteve e martelou-lhe o joelho gritando: "Fale!", porque só faltava mesmo falar. Hoje a estátua se encontra em Roma, na Igreja de S. Pedro *in vínculis*, continuando a causar admiração às multidões que se acotovelam para vê-la.

Dante Alighieri, autor genial da Divina

Comédia, concebeu a obra primeiro em sua mente, deu largas a sua imaginação criadora, para só depois a colocar no papel, tornando-a um dos marcos da Literatura Universal. O mesmo se pode dizer de um Tomás de Aquino, cuja *Summa Theologica* foi primeiro concebida no coração e na mente, para posteriormente transformar-se nas aulas de Teologia Escolástica e nos grandes volumes que até hoje nos causam maravilha. Aliás, escrevi noutro livro um pensamento, oportuno também para este lugar:

> *"As ideias são como as crianças; precisam primeiro ser sonhadas, depois concebidas e, afinal, gestadas, antes de virem à luz. Essa é a condição para o parto normal de um livro. Pensamentos soltos e malcozidos no útero do coração (acho estranho dizê-lo, mas acreditava nisso) tornam-se abortos literários, maços de papel encadernado, condenados a permanecer estéreis e empoeirados nas bibliotecas da vida".[3]*

Todo o mundo sonha com alguma coisa. Nem é preciso que seja algo de notável. Pode ser uma viagem, a casa própria, a aposentadoria, um casamento feliz, o bom relacionamento na família, ter filhos com autonomia e bem educados, uma promoção no emprego, a estabilidade financeira, ter amigos de verdade, uma vida afetiva satisfatória, um bom carro,

---

[3] LACERDA, Milton Paulo de, *Lições de incoerência*, Petrópolis, Ed. Vozes, 1988, p. 133.

tempo para o lazer, saúde constante, reconhecimento dos próprios valores pelos conhecidos e colegas, paz de espírito, dinheiro bastante, fama, sossego para curtir a vida, realização profissional, alimentação balanceada, harmonia na família, compreender os mistérios do universo, saber exercer uma liderança construtiva em seu meio, desfrutar de autêntica liberdade, conhecer-se a si mesmo, ver o fruto de seu trabalho, conseguir a reconciliação de pessoas da família ou a união entre os homens, fazer-se respeitar, atingir um nível satisfatório de paciência e perseverança, ser otimista, encontrar Deus na vida, sentir-se seguro o mais possível, aumentar os próprios conhecimentos, superar os preconceitos, ajudar pessoas a se realizar e a resolver seus problemas, ter autoconfiança e autocontrole, ter um espírito indomável, amar e ser amado, viver a sabedoria, estar sempre alegre e otimista, saber escutar, adquirir bons princípios e assim por diante.

O casal Amy e Thomas Harris, autores do *best-seller* "Eu estou OK, você está OK", decidiu comemorar os 20 anos desse lançamento com outra obra, intitulada "Sempre OK",[4] onde, entre muitos capítulos de grande interesse, colocam o de número 9, *"O que você deseja?"*. Alertam para o fato de que só atingimos os objetivos que tivermos desejado, sem o que não se evitam fracassos. Recomendam que mudanças só começam a acontecer na vida de uma pessoa quando tais

---

[4] HARRIS, Amy & Thomas, *Sempre Ok*, Rio de Janeiro, Edit. Record (no original "Staying Ok", de 1985, Harper & Row, Publishers, Inc., New York).

objetivos forem concretos e definidos. Não basta propor-se: *"Vou deixar de beber"* (deixar de beber o quê?). *"Vou deixar de comer tanto"* (Quanto seria mais ou menos certo?). *"Organizar-se"* (Entrar em um sindicato? Arrumar a mesa? Planejar uma demonstração? O quê?) E assim por diante. De outra forma, nada muda, tudo fica como estava antes. É preciso estar fora de ilusões, porque *"de boas vontades o inferno está cheio"*.

Outra recomendação deles é que a gente faça uma lista de desejos, para evitarmos a falta de objetividade. Que peguemos uma folha em branco e comecemos a escrever o que vier à cabeça, sem crítica, sem censura, por ridículo que possa parecer. Afinal, não é para mostrar a ninguém. Depois de pronta, a lista poderá ser expurgada do que seja mera fantasia. Porque sonho é realizável, como escalar o Monte Everest, mas fantasia é quimera, como ganhar de Natal um cavalo vivo com asas. Deve constar ali qualquer coisa que a gente deseje de verdade, pequena ou grande, próxima ou remota, pouco importa. Afinal, eu gostaria mesmo de conseguir aquilo? Gostaria. Então, pronto! Escrevo sem pestanejar. Se entrar a dúvida sobre se a coisa será possível ou não, se vamos conseguir ou não, acabamos boicotando as oportunidades, por covardia, timidez ou semelhantes atitudes inadequadas. Da mesma forma como costumo aconselhar meus clientes, eu até colocaria em minha lista particular o desejo de, num avião a jato, ultrapassar o Match 2, duas vezes a velocidade do som. Será possível tal coisa para mim? Pouco importa, com certeza eu gostaria. Então, vou escrever esse item também. Está claro?

Exemplificando, trazem aqueles autores uma lista de

75 tópicos, onde constam coisas entre interessantes, tolas, picantes e saudáveis: um carro esporte vermelho, um par de patins, um bronzeado, um milhão de dólares, um amigo, doze filhos, uma caneta Cross, os Clássicos de Harvard, um processador de palavras, um cachorro, ser presidente da república, ser presidente da Associação de Pais e Mestres, um par de sapatos Birkenstock, dentes bonitos, lentes de contato, um corpo maravilhoso, uma caixa de gerânios na porta da frente, cabelos louros, uma alma irmã, uma cama d'água, ter o nome em letreiros luminosos, uma cabana na montanha, comida para os filhos, dar um jantar, um par de halteres, uma caixa de 2,5 kg de bombons de creme cobertos de chocolate, uma esteira ergométrica, uma causa gloriosa, desarmamento bilateral, um acolchoado, tocar piano etc.

A regra básica. As propostas acima são suficientes para mostrar em que rumo pode ir uma lista de desejos. Qualquer coisa pode ali entrar. E, se não entrar, duvido que algum dia você chegue a consegui-lo. Porque só se realiza, normalmente, aquilo que primeiro gestamos na mente. Os sonhos são para o sucesso o que o embrião é para o futuro ser vivo. O poder criador de uma pessoa tem início numa ideia, num sonho, num desejo trazidos no bojo de um pensamento. Vale aqui, como em qualquer situação, aquela que considero a regra fundamental da Psicologia: O que penso (ou imagino, ou relembro, ou sonho) acaba automaticamente produzindo o que sinto (de tal maneira, que nada é sentido sem que de algum modo tenha origem na mente) e finalmente acaba transparecendo externamente (no corpo, no andar, na postura, na

OS SONHOS DE TODO O MUNDO

coloração momentânea da pele, no tom de voz, nos gestos e assim por diante).

No caso que agora vamos discutindo, os "sonhos", gerados na mente, incutem entusiasmo ao coração e dão sentido à vida, mobilizam o organismo para levantarmos mais cedo e nos pormos ao trabalho com perseverança. *"São as ideias que movem o mundo"*, já disse alguém. E tinha razão.

Pode dar certo! Uma cliente, a quem eu recomendara a confecção da lista, colocou entre outras coisas o desejo de ter seu cantinho, um apartamento decorado e arrumado de seu jeito, isso depois de aposentada e de ter vivido até então em companhia da mãe e de outros parentes. Não demorou muito, fechou negócio com uma imobiliária e deu entrada para um "quarto e sala" de seu gosto. Só lhe pude dar os parabéns e confirmar-me na certeza sobre o poder dos "sonhos".

Você pode ter as mais variadas aspirações, como aprender a tocar piano ou teclado, ter sua própria escrivaninha, comprar uma secretária eletrônica, reservar-se uma ou duas horas de silêncio só para si mesmo todos os dias, treinar a caligrafia, conseguir intimidade com tal pessoa, aumentar o número de amigos,[5] passar o feriado prolongado na Ilha de Fernando de Noronha, tomar um banho de chuveiro (só isso? você poderia perguntar), encontrar uma pessoa espetacular com quem se

---

[5] ZIGLAR, Zig, *Além do topo*, Rio de Janeiro (2ª ed.), Record, 1996. Claro que todos querem ter amigos, mas, como você já descobriu, quando sai por aí procurando-os, verifica que são mercadoria escassa. Quando sai pela vida disposto a ser um amigo, vai encontrá-los em toda a parte. Você não vai conseguir mudar ninguém, mas, quando muda a si mesmo e se torna o tipo certo de pessoa, as pessoas gravitam em sua direção (p. 241).

case, mudar o corte de cabelo (isso para quem ainda o tem...), comer um prato especial que lhe ficou na memória, escrever um livro, fazer uma nova faculdade, telefonar para um parente ou amigo que não vê há muito tempo, adotar um filho, aprender a falar uma língua, conhecer o Brasil de ponta a ponta, plantar flores, participar do coral de sua paróquia ou de sua escola, saber arrumar a cama, resolver de vez os problemas de seu casamento, entrevistar o Presidente da República, disputar uma cadeira na Câmara de vereadores ou na estadual ou federal, comprar uma roupa nova, pintar algum cômodo de sua casa, arranjar um aparelho para fazer ginástica em casa e assim por diante.

Qual é o segredo? O segredo inicial de darem certo os nossos sonhos é o fato de os definirmos de forma concreta. Não podem ser ideias vagas ou imprecisas. Devem ser concretas e até imaginadas, porque as imagens têm mais força que qualquer razão, mais que qualquer motivo. Ninguém acerta num bando de patos a voar, se fica girando a espingarda. Precisa mirar aquele determinado pássaro e, só então, atirar. Ajuda, para isso, verificar se você consegue deixar claro para uma criança de 10 anos de idade qual seu objetivo. Se ela não entender seu propósito, nem você o estará entendendo realmente.

Pare! seja honesto consigo mesmo e pense em 10 coisas que você gostaria de conseguir antes de morrer. Marque data para essas coisas acontecerem. Faça isto, agora mesmo. Dê esta chance a si mesmo.

Não peça aos outros o que você pode alcançar por si mesmo. Um sonho deve ser algo para você conseguir, não para mandar outros fazerem. É conhecido o provérbio: *"Quem quer vai, quem não quer manda"*. O comodismo de muitos, ao delegar responsabilidades sobre seus negócios, acaba frustrando as melhores intenções. Depois, não haverá justificativa para lamentar o mau resultado. Se quer ser honesto consigo mesmo, arregace as mangas e vá. Nem muito menos espere que as coisas boas caiam do céu de paraquedas; lembre que isso só acontece em desenhos animados.

Nem tente enganar-se com a desculpa de que tal ou qual sonho vai lhe custar algum dinheiro ou algum tempo. Tempo você tem, inteiro, com 24 horas por dia, podendo dispor dele da maneira que achar mais conveniente, dentro das prioridades realistas de que falaremos mais adiante. Dinheiro até pode ter, se economizar. Um amigo meu contava do desejo antigo de visitar a Terra Santa, juntamente com a esposa. Achava remota a possibilidade, pois seus recursos financeiros não eram essas coisas. Vinha fazendo poupança há vários meses quando, certo dia, chegou-lhe pelo correio o convite de uma agência de turismo. Consultou o saldo no banco e as condições de trabalho – eram férias – e, para surpresa própria, realizou a viagem. Está aí. Quem disse que não era possível? *"Todos os nossos sonhos podem tornar-se realidade, se tivermos a coragem de persegui-los"*, dizia o grande sonhador que foi Walt Disney.

E as coisas ditas "impossíveis"? Vale recordar neste ponto o que costumo refletir com meus clientes a respeito das coisas impossíveis. Conte-me o que seria uma coisa impossível, ou seja, algo que não dê para conseguir ou para fazer, dentro das possibilidades comuns da natureza humana. Difícil, não é? Vou lhe adiantar algumas coisas. Por exemplo: ser Deus, não morrer, fazer um círculo quadrado, voar sem instrumentos, respirar debaixo d'água sem instrumentos, terminar antes de ter começado e mais algumas coisas. Certa vez, quase por brincadeira, cheguei a colecionar umas trinta coisas. Vamos dizer que são impossíveis ou irrealizáveis umas 100 ou 200 coisas. O resto todo é possível. Escrevia o poeta alemão Friedrich Novalis: *"Quando se quer, sempre se pode"*. E outro poeta, Ernst Arndt, seu conterrâneo: *"O homem pode infinitamente muito, se se liberta da preguiça e confia em que deva ter êxito naquilo que deseja seriamente"*.

Agora, abstraindo dos reflexos que toda criança traz no nascimento, como sugar, fechar as mãozinhas ou os pezinhos ao toque, o reflexo patular e pouco mais, todas as coisas começam difíceis. Basta recordar quantos meses leva uma criança para aprender a falar, a andar, a escrever e contar e tantas outras habilidades pela vida. Isso corresponde ao provérbio que diz que *"ninguém nasceu sabendo"*. E é verdade verdadeira, comprovada e incômoda, fonte de inúmeros exercícios de paciência e perseverança.

Tudo começa difícil e só passa a ser menos difícil e até fácil, se continuarmos teimoso treinamento. Qualquer de nossos sonhos, se forem experiências novas para nosso repertório, custarão com certeza uma porção de dificuldades. É como se diz: podemos conseguir qualquer coisa que alguém já tenha conseguido neste mundo, se soubermos a receita e treinarmos com perseverança. As dificuldades não precisam assustar-nos, porque foram feitas para ser vencidas. Só tenha cuidado em não deixar para depois...

Nossos sonhos funcionam com o mesmo jeito da propaganda. Se quisermos convencer alguém da utilidade de algum bem, vamos telefonar-lhe e visitá-lo pessoalmente, tentando convencê-lo de que fará muito bem em aceitá-lo. Em escala comercial, as empresas lançam mão dos meios de comunicação, vão às rádios, aos jornais, à televisão, espalham panfletos, fazem rodar pelas ruas automóveis com aparelhos de som, erguem *outdoors* e assim por diante. Foi o que senti e continuo sentindo na leitura de publicações sobre Informática. Vejo-me em breve prazo movido a adquirir um computador mais potente ou, ao menos, a aumentar a Memória RAM, a velocidade do Clock e assim por diante.

Quero com isso dizer que, de modo análogo, só terá sucesso quem fizer propaganda dos próprios sonhos para si mesmo. Temos a propensão de nos distrairmos com muitos interesses desencontrados e de perder, do foco da atenção, nossos mais justos desejos. Um bilhete preso à porta da geladeira pode ser não apenas lembrete de compromissos para alguém em casa, pode também servir para nós mesmos como propaganda de nossa ideia-força, de nosso projeto e de nosso sonho.

O dinheiro pode ser buscado como objetivo? Será honesto lutar por uma quantidade considerável de dinheiro? Objeção de consciência, não rara em pessoas de boa educação. As facilidades trazidas por ele não poderiam prejudicar nossa moral? Essas e outras perguntas podem receber respostas equilibradas e verdadeiras. O dinheiro é um inquestionável meio de transações dentro da sociedade humana, há muito tempo, antes mesmo da era cristã. Foi a solução prática para superar a época das barganhas, quando o que se pretendia adquirir de outros devia ser compensado pela entrega de algum bem de igual valor. Era bastante incômodo levar um porco a fim de trazer para casa um saco de arroz. Com o tempo, aprenderam os homens a lidar com o dinheiro de maneira mais versátil, tornando-se ele mesmo negociável. Como costuma acontecer entre os homens, apareceram, além dos avanços da economia, as tratantices financeiras e fiscais. Daí a fama duvidosa que começou a desmerecer a validade do dinheiro, como se ele devesse cobrir-se de vergonha, a cada vez que precisasse comparecer no comércio dos valores.

Sendo práticos, sem o dinheiro não é possível sobreviver em nossas sociedades. O nó da questão está no modo como lidamos com ele, nas intenções com que o usamos, na honestidade do coração que deve preceder todo relacionamento humano. Ter dinheiro, muito ou pouco, depende de herança, depende de trabalho, depende de iniciativas corajosas e assim por diante. Ser rico ou pobre, sob o aspecto financeiro, não é o mais importante. Mas, sim, se a pessoa tem ou não tem um coração desprendido, se é livre interiormente para dispor da riqueza ou renunciar a certas vantagens que ela traz, se é egoísta e fechado ou se se permite distribuir de sua abundância para os menos afortunados.

Os sonhos de todo o mundo

CAPÍTULO 3

CONDIÇÕES PARA O SUCESSO

Quando você pensa em condições para participar de um triátlon, irá rever sua resistência física, treinar exercícios aeróbicos, gastar horas na piscina, na bicicleta e nas pistas de corrida, ou seja, para as três modalidades de que se compõe a competição. Ao chegar a data, ou você está preparado ou não está. Nem adiantaria meter-se nesse "*tour-de-force*", se tivesse a certeza de ainda estar com nível baixo de aptidão.

Condições para ter sucesso, potencialmente todos têm, ao menos para começar. Quanto melhor preparados, tanto maior a garantia de chegarem lá. O que não convém é concluir, por exemplo, que as condições seriam numerosas demais e, melancolicamente, desistir antes de começar. "*Quem não arrisca, não petisca.*" Acontece que, quando você vai aprofundando qualquer uma das condições que se seguem, outras vão insensivelmente aflorando, porque qualquer delas favorece a harmonia do todo. No mínimo, você se sentirá mais gente, mais seguro, mais forte, mais esperançoso, seja lá para o que for. Vamos então olhar com carinho esses pontos, como promessa de êxito feliz em seus empreendimentos.

Querer mudar

Querer mudar de verdade é a primeira coisa necessária para o sucesso. É o que andou faltando a alguns de meus clientes. Lembro-me daquele rapagão robusto e corado, que vinha toda semana a meu consultório e, havia um ano, indefectivelmente mostrava não haver ainda entrado no processo de terapia. Conversávamos sobre o que lhe era necessário para superar seus problemas. Ele me repetia muito sério: *"Entendi"*. Na semana seguinte enrolava umas frases de efeito para concluir que não havia feito nada do que se propusera fazer. Estava visceralmente acomodado.

Ainda me aborreço ao lembrar o caso daquela senhora, renitente em não admitir qualquer contrariedade em suas opiniões. Eu pisava em ovos ao falar-lhe qualquer coisa, porque havia percebido sua suscetibilidade. Depois de meses de atendimento, achei que já podia indicar-lhe mudanças importantes a ser feitas. Ela ofendeu-se e depois telefonou-me dizendo que não voltaria mais. E olhe que eu esperei bastante.

Sobre o acovardamento, que toma conta de muitas vontades, assim se referia no século XVII o Duque de La Rochefoucauld: *"Nossas forças quase sempre sobrepujam nossa vontade; imaginamos que certas coisas são impossíveis, e isso é apenas uma desculpa que damos a nós mesmos"*. Ou François de Malesherbes: *"Faríamos muito mais coisas se acreditássemos menor o número dos impossíveis"*.

Um aspecto que precisa ser lembrado: Só se muda para melhor! Não é justo, não é razoável mudar simplesmente por desenfado, por estarmos cansados de ser ou de agir de uma determinada maneira. Isso não faria sentido. Merecemos mudar porque merecemos crescer e tornar-nos cada vez mais o que somos chamados a ser.

Ao mesmo tempo é importante entender que mudar é possível, é preciso acreditar nisso. O passado ficou para trás, não importa mais. O que não deu certo em outros tempos nada tem a ver com o que você merece conseguir no aqui e agora. Seu destino vai ser como a colheita futura, a qual depende inteiramente do que você plantar a partir de já.

É importante ainda pensar que de sua mudança depende muitas vezes a melhora do mundo que o cerca, em casa, no escritório, na escola e nos lugares de lazer. Para explicar este ponto, imaginei um grupo de teatro, que vinha representando há muitos meses uma mesma peça, várias vezes por semana. Certa noite, um dos atores decidiu mudar as falas em pleno espetáculo. Pode imaginar em que situação constrangedora e aflitiva teriam ficado os companheiros de palco? Para salvar-se do inevitável fiasco, precisariam fazer das tripas coração e improvisar até o final daquele ato. Assim acontecerá com você, se fizer as mudanças necessárias. Os outros se verão movidos a mudar.

Outra maneira de dizê-lo é a experiência dos vasos comunicantes da Física Clássica. Vários vasos, de formas diferentes, atarraxados ao mesmo tubo transversal, apresentarão o mesmo nível de água, à medida que esta seja introduzida em qualquer deles, independentemente da forma de cada um. Assim, por mais diferentes que sejamos uns dos outros, o que colocarmos de bom em nossa vida pessoal acaba se comunicando a toda a humanidade através do "tubo" invisível do Inconsciente Coletivo, beneficiando pessoas que jamais sequer conheceremos.

Dizia a escritora Elizabeth Leseur, *"Uma alma que se eleva, eleva o mundo"*.

Ter objetivos claros e concretos

Eu podia ter 13 ou 14 anos, idade e época em que a maior aspiração de um garoto seria ter uma bicicleta motorizada. Morava numa rua tranquila e tinha uma boa bicicleta, mas sem motor. Era tanto o desejo de que acontecesse o milagre de encontrá-la um dia na garagem de casa, que mais de uma vez abri a porta com a respiração suspensa, simplesmente para sentir-me em seguida frustrado com a constatação de que ela não estava ali. Uma senhora contou-me que, quando pequena, desejava muito ter um bebê, um irmãozinho, do jeito que vira na capa de uma revista na sala de espera do dentista. Seria uma criança linda, rosada, fofa quanto era possível. Rezou com fervor em sua inocência para que, ao chegar em casa, a encontrasse na cama da mãe. Entrou cautelosa e cheia de ansiedade, abriu a porta do quarto da mãe e... nada, também. Decepção! É claro, pois, que a segunda condição para o sucesso é saber o que se quer, ter objetivos claros e concretos, sem ilusões. Não se chega a lugar algum sem o endereço exato.

"Um homem vive de acreditar em alguma coisa, não de debater ou discutir a respeito de muitas coisas."

(Thomas Carlyle)

Ora, muitas vezes esses objetivos surgem, como por encanto, na explosão de um *"insight"*, na experiência carregada de emoção de uma descoberta. Foi o que aconteceu a minha esposa e eu, quando entramos em contato pessoal com a Basílica do Vaticano. Havíamos passado de ônibus pela frente, à noite, e ela exclamou: *"Isto parece cenário, nem parece real, de tão grandioso!"* Maior ainda foi nossa admiração, quando lá voltamos no dia seguinte, em plena luz. Ao entrarmos e toparmos com as proporções gigantescas do templo e suas obras de arte, em profusão por todos os lados, a majestade do ambiente tomou conta de nossa língua. Não tínhamos palavras para exprimir o que quer que fosse. Era simplesmente fantástico. Essa a impressão conveniente com relação a nossos objetivos. Só uma grande clareza de propósitos, aliada à força apaixonada por consegui-los, poderá mobilizar-nos e levar-nos a realizações de primeira linha.

Citei em algum lugar o caso do dono de uma mina de ouro, que cansou de explorá-la por não conseguir resultados compensadores e, antes de vendê-la, fincou com raiva a picareta numa das paredes do túnel. O comprador, ao arrancar a picareta, descobriu ali mesmo um rico veio do metal. É preciso

CONDIÇÕES PARA O SUCESSO

não perder de vista a meta pretendida. Muitas outras coisas vão aparecer, com alguma importância, sem dúvida, mas não tanta quanto a que dissemos ter nossa empresa. Marcamos, por exemplo, começar o treinamento de ler diariamente alguma coisa que nos encaminhe para um novo estilo de vida, voltado para o sucesso. Daí, começam a aparecer apelos no horário previsto, como dar um telefonema, escrever aquela carta atrasada, ir buscar o sapato no conserto, assistir a um filme que vai passar no canal a cabo e tantas outras pequenas coisas. Sábio é quem sabe discernir entre o que merece ser feito e o que merece ser deixado para trás, agarrando-se então, decidido e coerente, ao objetivo de maior valor.

Ajuda a sermos práticos determinar umas 10 ou 15 coisas que desejamos realizar nos próximos 10 anos, não muito mais que isso, para não distanciar demais o termo da conquista. Serão Objetivos de longo prazo. Assim também podemos distinguir entre Objetivos de médio e curto prazo (Metas). Metas são, por assim dizer, os objetivos intermediários, os degraus, pequenas conquistas diárias de cuja soma se constrói o resultado final.

> *"Os idealistas... suficientemente loucos para lançar aos ventos a cautela... têm feito a humanidade avançar e têm enriquecido o mundo"* (Emma Goldman). – *"Os ideais são como as estrelas: você não consegue tocá-las com as mãos, mas, como o navegante no deserto das águas, você as escolhe como guias e, seguindo-as, alcança seu destino"* (Carl Sandburg).

Seja esperto como o comerciante, sempre atento ao andamento de seus negócios. Pergunte-se com frequência se o que vem fazendo pela realização de seu projeto está sendo o que precisa ser feito. *Desse jeito eu vou conseguir? Ou estarei talvez trapaceando?*

Ter respostas às necessidades do mundo

Segundo as leis de mercado, só têm saída os produtos considerados "necessários". O cartunista Maurício de Souza, entrevistado num programa de rádio, afirmava ser condição de seu sucesso *"estar plugado no que acontece no mundo, para saber o que está interessando as pessoas".* Isso vale para produtos industriais, mas analogamente também para produtos do espírito, como livros, objetos de arte, músicas, pinturas e coisas parecidas. Acompanhado por 300 colaboradores em seus estúdios, responsável pelas 11 revistas em quadrinhos mais vendidas no país e com seus desenhos e bonecos ilustrando mais de 2.000 produtos, Maurício de Souza tem condições de afirmar que o sucesso depende de a pessoa saber dar respostas prontas às necessidades do mundo que o cerca.

J. Paul Getty, um dos homens mais ricos do mundo, afirmava não ter complexo algum a respeito da riqueza. *"Trabalhei duro pelo meu dinheiro, produzindo coisas de que as pessoas precisam. Creio que o líder industrial capacitado, que cria riqueza e empregos, é mais digno de notoriedade histórica que os políticos e os soldados."*

O fato de certas indústrias provocarem "falsas necessidades" através dos meios de difusão, não infirma esse princípio. Quem, na verdade, precisa tomar tal tipo de refrigerante? Ou vestir tal marca de roupa? As indústrias de Hardware e Software tentam de todas as formas colecionar as falhas de seus competidores, de modo a produzirem produtos novos que dêem respostas mais satisfatórias aos usuários dos computadores. Quem apresentar máquinas mais rápidas, sistema operacional mais simples ao mesmo tempo que poderoso, softwares mais completos e seguros, vai abocanhar com certeza maior fatia do mercado.

Há, contudo, um aspecto curioso a respeito desse cuidado de atender às necessidades em volta. É que, na medida em que as percebemos e lhes procuramos dar respostas, principalmente no sentido de solucionar os problemas que angustiam os outros, a gente começa a crescer. Pois *"é dando que se recebe"*, no dizer lapidar do Mestre.

Dar o passo conforme a perna

Medir as possibilidades reais, conforme o senso do real e do realizável, com os olhos realisticamente abertos para os recursos reais de que dispõe e, ao mesmo tempo, para a largura do fosso que precisará saltar para chegar ao outro lado. Não basta o entusiasmo da motivação, é preciso ser realista, faz-se necessária boa dose de autoconhecimento. Você precisa saber com que recursos internos pode contar, antes de lançar-se numa nova empresa. Isso inclui a atenção aos limites da resistência física e mental.

No entanto, ser realista não significa ser pessimista.

Porque há muita gente que, a pretexto de ter os pés no chão, enxerga nuvens pesadas e negras ameaçando tempestades sobre seus projetos. Já leu ou ouviu em algum lugar a chamada "Lei de Murphy"? Enuncia-se assim: *"Nada é tão fácil quanto parece; tudo custa mais do que você espera e, se alguma coisa pode dar errado, dará e será no pior momento possível".* Já pensou?! Isso me faz lembrar o que tenho explicado em várias oportunidades, a saber, que *todas as coisas têm dois lados*, constatação que colhi dramaticamente da simples experiência de encontrar deteriorado meu rico chaveirinho de "prata". Depois de recebê-lo de presente, da Espanha, usava-o com as chaves do carro, até que apareceu lascado na parte lisa por detrás. Mas o lado da frente, que trazia um baixo relevo com artística imagem de Santo Inácio de Loyola, estava perfeito. Eu era livre de continuar olhando o problema e aborrecer-me ou, pelo contrário, perceber o lado bem conservado e continuar contente. A escolha era minha, assim como era minha a responsabilidade pelo que então sentisse. Você e eu podemos perfeitamente escolher o lado bonito de nosso dia a dia, escolha honesta porque não estamos, com isso, negando a existência dos problemas. Apenas escolhemos o que nos faz bem.

Ter capacidade de discernimento

Aqui fica embutida a capacidade de Discernimento (Dis = para todo lado; Cérnere = ver), aquela visão, a um tempo abrangente e perspicaz, que permita distinguir os objetos em questão e, ao mesmo tempo, avaliá-los quanto a seu peso e prioridade. As coisas que podemos desejar têm importância diversa. Muitas vezes precisaremos renunciar a certas coisas, em benefício de melhores escolhas, como quem sobe por uma escada, deixando para trás todos os degraus ultrapassados. Bom senso, amor à Verdade, ainda que doa.

Adquirir resistência às frustrações

Treinamento para suportar frustrações. Quem não quer frustrar-se, está equivocado. Porque frustrações ocorrem às dezenas todos os dias. Você conhece o caso dos macaquinhos, caçados com uma cumbuca cheia de arroz, presa no galho de uma árvore. Metem a mão lá dentro, enchem-na o mais que podem e, depois, não conseguem retirá-la pela estreiteza do buraco, mas não querem perder o precioso achado. Ficam presos pela ambição. Daí o ditado: *"Macaco velho não mete a mão em cumbuca".*

Também é verdade que ninguém vai iludir-se de que seja possível escalar uma montanha como quem sobe uma escada. Sem querer fazer-me de alpinista, lembro-me da experiência que pude repetir várias vezes em anos mais jovens, quando subi com colegas ao Pico do Caledônia, no Estado do Rio de Janeiro. Era subida íngreme pelo meio de pedras e arbustos. Quanto mais alto íamos, mais se levantavam paredes, às quais precisávamos agarrar-nos, aproveitando pequenas reentrâncias das pedras, escorregando aqui e resvalando ali, pior que em caminho de cabras. Qualquer empreendimento vai custar esforço, tanto maior quanto mais alto se pretende chegar. Precisamos adquirir resistência às frustrações.

Confiar no próprio potencial

Determinação é coisa diversa de Obstinação. Muito pode ser alcançado, para além do que costumamos pensar de nossas capacidades, porque geralmente fomos educados para uma falsa modéstia e para um sentido apoucado de nossa autoimagem. No entanto, há um limite que merece ser descoberto e obedecido, para não nos estourarmos. O equilíbrio aí se une à luz do discernimento, para termos um resultado feliz.

Não quero furtar-me a citar, ainda que brevemente, um trecho sobre a Sabedoria, sinônimo do Discernimento.

"Eu a preferi aos cetros e tronos, julguei, junto dela, a riqueza como um nada.

Não a equipararei à pedra mais preciosa, pois todo o ouro, ao seu lado, é um pouco de areia; junto dela a prata vale quanto o barro. Amei-a mais que a saúde e a beleza e me propus tê-la como luz, pois seu brilho não conhece o ocaso. Com ela me vieram todos os bens, de suas mãos, riqueza incalculável. De todos eles gozei, pois é a Sabedoria quem os traz, mas ignorava que ela fosse a mãe de tudo. Sem maldade aprendi, sem inveja distribuo, sua riqueza não escondo: é um tesouro inesgotável para os homens; os que a adquirem atraem a amizade de Deus, recomendados pelos dons da instrução" (Sb 7,8-14).

"Fé em Deus e pé na tábua", confiar no próprio potencial, naquilo que recebemos como capacidade e habilidade, como inteligência e discernimento, fibra e determinação. Poderíamos chamar essa condição de Otimismo e Pensamento Positivo. Quem está convencido da fraqueza das próprias pernas não ousará um salto por sobre uma vala, vai preferir fazer a volta e passar pela ponte. O desânimo só acomete a quem esteja desprotegido dessa atitude de força interior. Pelo contrário, não parece haver barreiras para quem aposta no próprio taco, como se diz vulgarmente. Ou, em termos mais exatos, *"tudo é possível àquele que crê"*, como ensinava o Mestre. Nossos limites são, vezes sem conta, aqueles que nós mesmos nos impomos.

Ter perseverança ou persistência

Perseverar significa continuar fazendo o que se pensou ser válido fazer, haja o que houver, sejam quais forem as dificuldades. Um cliente, com bastante dificuldade para concentrar-se nos estudos, me dizia ter-se entusiasmado com um curso técnico. Lançou-se de modo inusitado aos livros, dedicando horas e mais horas da manhã à noite. Continuou assim por várias semanas, mas depois cansou, estressou-se e acabou por abandonar a empreitada. Faltou-lhe método e prudência, o que vai dar no mesmo. *"Devagar se vai ao longe"*, repete a sabedoria popular. E *"não queira abraçar o mundo com as pernas"*. Essa atitude de persistir no começado supõe o exercício da Paciência, treinamento difícil mas possível a qualquer pessoa, sobre o qual me estendi em outro lugar.[6]

John Ruskin afirmava que *"a perseverança é mais nobre do que a força, e a paciência, mais do que beleza"*. Penso a respeito que a nobreza de uma pessoa não se mede pela riqueza das roupas ou pelas atitudes meramente externas de grandeza ou pela habilidade em lidar com etiquetas sociais. A nobreza está no caráter. Saber esperar o momento de as coisas acontecerem exige grande energia. Na imaturidade queremos resultados imediatos. É preciso lembrar que *"comer e coçar, é só começar"*, isto é, começando a fazer o combinado, a vontade volta à tona, a motivação se reacende, como brasa adormecida sob as cinzas.

Basta lembrar o que fazem as propagandas para nos convencer: *"Compre este carro já, porque a oportunidade é única!"* ou então *"Comece hoje mesmo a viver no paraíso, mudando-se para o Condomínio X"*, e assim por diante. A meta proposta é o gozo imediato, é o hedonismo como ideal de vida. No entanto, a natureza nos ensina que *"devagar se vai ao longe"* e que *"quem se apressa come cru"*. É admirável a paciência do lavrador que aguarda o surgimento das plantas, quando só tinha nas mãos um punhado de duras sementes. É importante acreditar e esperar,

---

[6] LACERDA, Milton Paulo de, *Paciência, ter ou não ter*, Petrópolis, Ed. Vozes, 1996.

quando nada mais se pode fazer. Leia comigo este trecho notável, da pena de um profundo conhecedor do assunto:

"A história de um grão de trigo é admirável. Cai na terra. Afunda. Morre. Nasce e vai para o ar, que é seu campo de batalha. Depois encontra inimigos, a começar pela neve e a geada. Para não morrer, o jovem trigo se agarra obstinadamente à vida e sobrevive. Chegam temperaturas baixíssimas, capazes de queimar tudo que é vivo. Mas o pobre trigo, ainda tão tenro, agarra-se mais uma vez à vida com obstinada perseverança. Vai passando o inverno, o trigo vai vencendo os obstáculos, um por um. Chega a primavera, o trigo levanta a cabeça e começa a escalar velozmente a ladeira da vida. Chega o verão e, que prodígio! O grão humilde transformou-se num esbelto e elegante talo, coroado por uma espiga dourada com 100 grãos de ouro". [7]

A esse respeito escrevia um dos maiores poetas americanos, Robert Frost:

"Por que abandonar uma crença, só porque ela cessou de ser verdadeira? Apegue-se a ela o tempo suficiente e... ela voltará a ser verdadeira, porque é assim que as coisas acontecem. Muito das mudanças que achamos existirem na vida, é devido a verdades ora valorizadas ora desvalorizadas".

---

[7] Larrañaga, Fr. Inácio, *Suba comigo*, São Paulo, Ed. Paulinas, 1978, p. 215.

Dedicar-se para valer

Sem dedicação não se conseguem grandes coisas, muito menos o sucesso, seja qual for o campo de interesse. Precisa existir uma entrega de si mesmo àquilo que você pretende conseguir. Michelangelo produziu estátuas, verdadeiras obras-primas: o *David*, em Florença, a *Pietá*, na Basílica do Vaticano, e tantas outras. Cada uma delas lhe custou anos de trabalho aturado, dia e noite, no escondimento da oficina. Você, que está querendo ter sucesso, precisa enfrentar o maior dos inimigos, que se chama Preguiça ou Indolência. Longe de qualquer enfoque moralista, prefiro ficar no da psicologia. Sob esse prisma, Preguiça é problema de personalidade, deformação adquirida na infância a partir seja do modelo acomodado das pessoas grandes, seja das mensagens de desestímulo então ouvidas, seja de reforçamentos negativos naquela época. Para deixar mais claras a ideia e a atitude, prefiro colocá-las expressas desta forma:

- deixar para depois o que se pode fazer agora;
- não marcar dia e hora, quando não dá para fazer algo de imediato;
- não terminar o que se começou;
- ficar tentando, em vez de fazer duma vez o que é preciso;
- não ter compromisso sério com sua meta.

É necessário para ter sucesso que se faça imediatamente o que pode ser feito agora, porque as oportunidades são como certos pássaros, que talvez não entrem mais na armadilha que lhes preparamos. Qualquer adiamento cheira à trapaça, exceto casos óbvios em que deve prevalecer a ação que temos entre mãos. Qualquer adiamento justificável precisa ser acompanhado da determinação de um prazo bem definido: *"Não é possível agora? Pois bem, vou fazê-lo em tal ou tal momento!"* Além disso, o fato de ficar algumas vezes apenas tentando é como fazer menção de levantar-se da cadeira, mas não se desgrudar do assento. Em consequência, não haverá responsabilidade, disposição e disciplina, tripé onde se possa apoiar a realização de um projeto.

No entanto, não convém você partir para o extremo oposto, estressando-se em ritmo de roda viva, querendo abarcar o mundo com as pernas, ou correndo o tempo todo, como se fosse tirar o pai da forca. Qualquer exagero, até na dedicação, acaba virando defeito. Onde entrar qualquer tipo de aflição ou afobação, onde a família ou a saúde começarem a apresentar sinais de prejuízo, será preciso parar de imediato, porque, provavelmente, alguma coisa anda errada no modo de agir. *"O ótimo é inimigo do bom"* ou, ainda, *"quem tudo quer tudo perde"*. É tão irresponsável o negligente, que não acredita nas próprias qualidades e se encolhe pela insegurança, quanto o ambicioso, presunçoso e precipitado.

Além disso, importa concentrar-se nos objetivos que você estabeleceu para si mesmo, não se permitir a dispersão em vários interesses ou em várias direções, porque *"quem muito abarca pouco aperta"*. Por trás dessa ideia é que se colocam cartazes nas lojas, pôsteres nos tabiques de construções para anunciar programas de teatro (daí dizer-se que tal espetáculo está em cartaz), *outdoors* de propaganda para os mais variados assuntos, desde propaganda política a promoções de supermercados.

O que se espera é que você se mexa, sem atender tanto àquilo que a vida lhe tem oferecido até agora. O que importa é o que você vai fazer agora com isso. No porta-chaves de madeira, colocado na parede da copa de uma casa em que morei, estava escrito em pirogravura a maliciosa observação: *"A vida é dura para quem é mole"*. Dá o que pensar. Como os atletas que vão exigindo de si mesmos marcas sempre maiores, podemos crescer em eficiência nos negócios que trazemos entre mãos, na medida em que procuremos cobrar de nós mesmos melhores resultados.

Observar as experiências dos outros

Ajuda muito observar as experiências dos que foram à frente e gozam de comprovado sucesso. *"Não é preciso inventar de novo a roda, outros já o fizeram."* Para subir ao monte Everest, o pico mais alto do mundo, descobriram-se rotas, tornadas clássicas porque as mais seguras. A pretensão de inovar, onde a experiência mostrou ser o caminho, não será sempre atitude inteligente. É preciso ir atrás de informações sobre o que desejamos conseguir. Quando me pus a escrever meu segundo romance,[8] quis organizá-lo dentro de um cronograma real, seguindo as características de es-

---

[8] Lacerda, Milton Paulo de, *Lições da indecisão*, ainda não editado. (O primeiro foi "Lições de incoerência", pela Editora Vozes, 1989.)

paço, tempo e clima. Para tanto fui consultar os arquivos da Hemeroteca Municipal, a fim de encaixar os fatos de ficção com os fatos acontecidos na época e pesquisei em várias enciclopédias a descrição de lugares que eu descrevia, embora jamais tivesse estado lá. Gostei do resultado. Posso contá-lo como um sucesso em minha carreira de escritor, mesmo que você não o tenha à mão. Para que hei de ficar quebrando a cabeça com problemas já resolvidos, e bem resolvidos, por outros?

Isso me faz lembrar o acontecido há algum tempo. O Banco em que temos nossa Conta Corrente, enviou graciosamente como brinde um *kit* para armar, feito de seis peças de plástico rígido, cujo resultado deveria ser um cofrinho em forma de poliedro, quase uma bola de futebol em miniatura. Minha esposa e eu experimentamos por várias vezes armá-lo sem sucesso. Encontramos o filho de um vizinho, que também o havia recebido. O menino tinha apenas nove anos e já o armara e desarmara diversas vezes. Embora meio encabulados, pedimos a ele que nos ajudasse. Que importa a idade, se o que vale é saber o caminho.

Respeitar a vida dos outros

"Respeito é bom e eu gosto." O fato de estarmos procurando ser bem-sucedidos não nos isenta da responsabilidade em respeitar a vida dos outros, seus direitos, seu espaço, seu sossego, seu tempo e tudo o mais. Nossos direitos terminam onde começam os dos outros, assim como o nosso terreno fica bem delimitado pela cerca que nos mostra estar ali começando o terreno do vizinho. Ora, o respeito começa dentro de cada um, e só será autêntico e convincente na medida em que brote dessa interioridade. As pessoas acabam percebendo ou nossa sinceridade ou nossas máscaras e só assim vão confiar em nós.

Ocorre com frequência andarmos tão apressados ou distraídos com nossos compromissos, que desconsideramos uma quantidade de gente a circular a nossa volta. No entanto, gente é o que há de mais bonito sobre a face da terra. Não há coisa mais importante. Como a abelha que vai em busca do néctar, podemos procurar nos outros o que têm de melhor (porque ali existe), em vez de fazer como os besouros, ocupados em procurar pedaços de estrume e rolá-los até seus ninhos, para neles chocarem seus ovos.

Lembro-me daquele *Workshop* em que combinamos o seguinte: que, quando perguntados *"Como vai?"*, experimentássemos responder *"Estou cada vez melhor"*, sem nos preocuparmos com o possível espanto dos interlocutores. Tive o retorno, não muito tempo depois: simplesmente fantástico! Sentiam-se todos movidos a um nível superior de bem-estar, ao mesmo tempo em que deixavam para os outros uma semente de positividade. Vale a pena, por outro lado, gastar tempo em conversar, mesmo que por dois minutos, com a balconista da padaria, com o faxineiro do condomínio, com o ascensorista do prédio, com o jornaleiro da banca, com o guarda de trânsito. Numa palavra, cada pessoa dessas vai revelar para você e para mim um mundo desconhecido e surpreendente. Refiro-me a isso em outro lugar.[9]

Inclusive, é importante que nos desvencilhemos daquela reserva inicial, quando encontramos uma pessoa desconhecida, por exemplo no elevador do prédio, na viagem de ônibus, na sala de espera do dentista ou do médico. Tome a iniciativa sistemática de começar uma conversa, por simples que seja, para criar o hábito de se relacionar com liberdade. Com isso vai adquirir o hábito libertador de abrir portas, sem com isso as estar violentando. Há quem aconselhe que, nos inícios, o façamos por cerca de 20 dias, para enraizar o costume.

É conhecido o tipo do Escalador, o sujeito que pretende subir na vida à custa dos demais, atropelando os que estiverem à frente, usando-os como objeto de autopromoção. Tão equivocado alpinista não passa de imaturo e egoísta. Desconhece o princípio, segundo o qual *"só cresce quem ajuda os outros a crescer"*. Ou aquele outro: *"Tudo que vai, volta"*, pois quem assim age, acaba recebendo em retorno, de algum modo e em algum momento, o mesmo que fez para os outros. *"Quem semeia ventos colhe tempestades."*

Finalmente, importa olhar para as pessoas com quem precisamos conviver, como formando conosco uma parede de pedras irregulares, trazida cada uma de procedências diferentes. Umas, redondas, colhidas nos rios, pedras roladas.

---

[9] LACERDA, Milton Paulo de, *Bem junto do coração*, Petrópolis, Ed. Vozes, 1994.

Outras, arrancadas direto das pedreiras, cheias de arestas prontas a ferir-nos as mãos. Outras, ainda, trabalhadas, retangulares e bem acabadas. No muro de nossa convivência com as pessoas, não podemos escolher demais com quem vamos negociar, com quem nos harmonizar. O preço do sucesso com elas é o ajustamento humilde e paciente, onde nos adaptemos, aceitando os outros do jeito que são e não como gostaríamos que fossem, dividindo com elas o peso da construção e a responsabilidade da firmeza final.

Em outras palavras, é preciso pararmos de ficar olhando para o próprio umbigo! A coisa mais importante que as outras pessoas devem descobrir a nosso respeito é que nos importamos muito com elas e com seu sucesso. Ora, tal interesse pessoal por elas só será autêntico se nos empenharmos em conhecê-las nas coisas que são só delas, ou seja, nas pessoas de suas famílias, em seus *hobbies*, em seus sonhos e em suas necessidades. Então, supondo sempre a honestidade de nossas intenções, teremos espaço aberto para colocar nossas propostas na medida em que percebemos onde estas têm ligação com seus interesses.

Nas últimas eleições para vereador em minha cidade, poucos dias antes do pleito, acercou-se de mim um rapaz quando eu ia saindo da padaria com o pão quentinho, e me pediu licença para entregar-me um daqueles "santinhos" de propaganda eleitoral. Foi simples, modesto e direto, ao dizer-me: *"Sou o candidato mais jovem à Câmara Municipal, e ficarei muito agradecido por seu voto".* Mesmo que eu não quisesse sufragar seu nome nas urnas, senti-me importante, tratado como alguém que, em seu conceito, poderia fazer a diferença que seria a diferença. Ele não veio apenas pedir, trouxe também alguma coisa, o pequeno impresso, o qual, simbolizava em plano subconsciente a entrega de alguma coisa de si mesmo, de sua confiança em mim. O sucesso também depende disso.

Respeitamos alguém, quando temos a certeza de que ele saiu enriquecido depois de nosso encontro. No mínimo ele precisa poder lembrar-se de ter sido encorajado com nossas perguntas a falar um pouco mais sobre seus interesses, ou seja, de ele ter sido o assunto principal de nossa conversa, não nós.[10]

Ter motivos fortes

Ninguém se vai abalançar a uma empresa de maior porte, sem esperar dela um proveito mais que razoável. Esse é o segredo, desconhecido de muitos, da tão propalada "Força de Vontade". Nossa vontade não é algum tipo de músculo mental, capaz de crescer ou atrofiar-se pela frequência ou ausência de movimento, como acontece no organismo. Consiste na disposição de tomar decisões firmes e de executar propósitos, contanto que bem calçada por motivos de peso. E, tanto mais, quanto mais exigente for a empreitada. *"Não é por quaisquer dois mil réis que vou fazer isso!"*, exclamavam nossos antepassados.

---

[10] Extensa bibliografia merece ser consultada e lida para aprofundamento dessa atitude. Ver nota final.

A apatia é um dos impedimentos para a Força de Vontade. Consiste numa espécie de desânimo a respeito de tudo. Ou então, menos grave, num permanente desinteresse por quaisquer novidades, levando a pessoa a viver à margem da vida, como se sentasse à beira da estrada, vendo o mundo e a vida passarem, sem comprometer-se com eles como os demais. A abulia é mais grave, expressão de inércia ou paralisia, como se a vontade estivesse emperrada e impedida de funcionar. Além de causas físicas (como a anemia) e psicológicas (como traumas e bloqueios), que merecem tratamento especializado, na origem desse fenômeno desagradável pode existir apenas falta de exercício.

Desejar com intensidade aquilo que você pretende, representando-o mentalmente e tornando-o visível através de algum desenho ou fotografia, que fique exposta para ser lembrada muitas vezes. Como fazia meu amigo que queria construir a casa de praia e mantinha a planta da mesma presa com fita adesiva a um móvel da sala de estar, para poder vê-la toda vez que por ali passasse.

Motivos são as razões que temos para fazer alguma coisa. Ora são motivos teóricos, por deduções do que seria mais importante, como quando decidi que meu trabalho de escritor seria bem mais eficiente, se eu comprasse meu primeiro computador. Ora são motivos afetivos, impulsos mais ou menos controláveis do coração. Queremos porque queremos, e pronto! Por exemplo, dá uma vontade enorme de viajar ou de conseguir aquele carro.

Qual a motivação que move os imigrantes bem sucedidos em nosso país? Sempre tive grande admiração por essa gente, despencada de longes terras e chegadas por aqui com uma mão na frente e outra atrás, como dizem. Lançam-se ao trabalho com esperança, com garra, sem se queixar da apertura dos primeiros tempos. Dentro de alguns anos, lá estão eles bem situados, com polpuda conta no Banco, boa casa, aplicações financeiras e tudo o mais.

Enquanto isso, muitos de nossos conterrâneos continuam pastando pela vida, mal acostumados com a riqueza natural do país em que nasceram. Não aprenderam a dar valor ao que de graça receberam e, por isso, não multiplicam o capital. Seguem a lei do mínimo esforço, como os bois no pasto, indiferentes para a riqueza do capim-gordura e da terra que o produziu, sem iniciativa outra que dirigir-se para outra invernada, quando a atual se torna rala e não oferece mais alimento.

O que vale mais, merece maior empenho. Não só, conta com a cumplicidade automática de nossas emoções. Estas logo se mobilizam em direção à cobiçada conquista, sem necessidade de maiores estímulos. Por vezes é necessária coragem para dar o primeiro passo na direção do que é novo e desconhecido, mas que se supõe por boas razões ser conveniente. O interessante é que doses renovadas de motivação produzem melhoria sensível na própria saúde, comparável ao efeito de exercícios físicos especiais, alimentação abundante e sono farto. Pessoas motivadas crescem em qualidade de vida.

Gosto de recordar o fato ocorrido com aquele sitiante americano, cuja esposa esperava um filho para aqueles dias. Como acontece com frequência, a criança deu sinal no meio da madrugada. O rapaz pôs a mulher na caminhonete e meteu-se na estrada. Acontece que a estrada era de terra e chovia a cântaros. O carro começou a deslizar, justamente próximo a um barranco, e acabou escorregando pela inclinação, até ficar atolado. Por mais que o motorista tentasse, não conseguia arrancá-lo dali. No desespero (motivação fortíssima), empurrou o carro lá atrás com os ombros e o recolocou na estrada. Entregue a esposa na maternidade, voltou para casa e parou no lugar do acidente. Ficou a cismar: Como é que fui capaz de fazer isso? Ora, se fiz uma vez, posso fazê-lo de novo. Tentou, e não conseguiu. Foi preciso um guincho para tirá-lo de lá. A motivação fez toda a diferença. Em confirmação de tudo isso, lembra-nos Shakespeare:

> *"A vontade é o hortelão da vida, e pode semear urtigas ou alfaces, espinheiros ou tomilho, criar uma só família de plantas ou muitas, em intrincada confusão, deixar a terra estéril com o ócio ou fecundá-la com seu trabalho; tudo depende da força de vontade".*

Desenvolver a autoestima

A importância da autoestima. Talvez a mais antiga técnica de *marketing* seja a da galinha. Apenas põe um ovo, começa a fazer propaganda dele. Com perdão da comparação, você fará bem em anunciar em seus ambientes suas aptidões. Não no sentido do *"quem não chora, não mama"*, porque tal atitude se resumiria numa queixa. Mas no sentido de que *"ninguém ama o que não conhece"*. No sentido da autoestima. Como alguém vai procurá-lo e oferecer-lhe chances, se nem sabe de sua existência? Como alguém vai lembrar-se de que você é a pessoa certa para o lugar certo, se nunca ouviu falar de você?

Há muita diferença entre vaidade e autoestima. Isso as pessoas percebem em pouquíssimo tempo. O mais frequente é as pessoas se encolherem, a pretexto de humildade, conseguindo apenas perder oportunidades de sucesso. A pessoa humilde é realista, não exagera os próprios dotes nem para mais nem para menos. Assume o que é, com todas as consequências.

É claro, uma dose de diplomacia vai muito bem nessas apresentações, sem esquecer que diplomacia não é a tentativa de mascarar realidades e dizer mentiras para conseguir resultados a qualquer preço. Diplomacia é a ciência e a arte de lidar com situações e negócios de valor, usando ao mesmo tempo Firmeza (garra, brio, energia) e Educação (serenidade, autoconfiança e boas maneiras), porque para ser firme e defender valores não é preciso ser estúpido.

Autoestima é a imagem que cada um faz de si mesmo, imagem calcada na verdade, sem os exageros da Superioridade e da Inferioridade. É o reconhecimento das próprias qualidades e das próprias habilidades. É valorizar o que você tem e não perder tempo em lamentar o que não tem. É acreditar que as chances são também para você, não só para os outros. Não nasce da comparação com quem quer que seja. Não é preciso olhar primeiro para as pessoas em volta, para que você, só então, se enxergue ao espelho. Você é quem é, e pronto! Ninguém poderá ter sucesso, enquanto não entender que só vai lutar de verdade pela própria realização, se achar que merece esse tipo de vida excelente.

Você já terá estado em algum casamento, é claro. Recorda o que fazem as pessoas (você também, acredito), quando a filmadora vem se aproximando de seu banco e a luz do refletor bate forte em seu rosto? Sem quase perceber, cada um vai armando uma compostura que depois não o desmereça, quando o filme for passado. É sua imagem que está em jogo. Sem perceber, cada um zela por essa imagem e não quer expor-se ao ridículo. Agora, pergunto, por que não cuidamos de ter uma imagem bonita, sempre em ordem, de modo que jamais precisemos nos arrumar às pressas, como quem faz de conta?

Como é possível que alguém não goste bastante de si mesmo? Como podem continuar a existir os tímidos, os deprimidos, os solitários, os que não acreditam no próprio potencial, os sem entusiasmo e sem perseverança, os suicidas diretos, assim como os que se vão suicidando aos poucos pelo álcool, pelas drogas, pelos excessos de comida, pela passividade mórbida de horas seguidas diante da televisão ou que se expõem a riscos imprudentes nas corridas de moto ou de automóvel? É evidente que todos esses são fadados ao fracasso.

Tudo começa pela educação equivocada desde pequenos, onde a punição, sob quaisquer formas (repreensões, caras feias, xingações, maus-tratos e, pior que tudo, as desconsiderações), prevalece sobre os estímulos positivos (quais seriam os elogios, as recompensas merecidas e frequentes, os incentivos para agirem bem porque são capazes e assim por diante).

Minha sobrinha de 8 anos estava me vendo vestir as velhas almofadas da saleta com novas capas, que acabáramos de comprar. Ofereceu-se para ajudar. Pensei comigo: *"Será que ela consegue fazer direito, sendo que a abertura das capas é apertada, e as almofadas são meio duras e pesadas?"* Paguei para ver. Nada mais fiz que mostrar devagar, uma única vez, como ficava mais fácil a operação, dobrando cada almofada antes de introduzi-la na capa, do jeito que se faz para colocar travesseiros dentro de fronhas. Daí a pouco ela estava fazendo tudo, quase na mesma velocidade que eu. Voltei a pensar com meus botões: *"Com certeza ela se sente agora mais útil e capaz do que antes da experiência. Tem agora mais motivos para gostar de si mesma".*

O peso de um elogio. Minha esposa contou-me que, na escola onde era professora de Inglês, havia dado todo apoio para que um rapaz problemático e rebelde, o mais votado pelos colegas para ser o "representante de classe", fosse realmente empossado nessa função. Como coordenadora da turma, ela veio prestigiando o garotão em todas as ocasiões. Ele sentiu-se importante, digno da confiança dos alunos e da professora, e correspondeu daí para frente com uma seriedade e responsabilidade que dava gosto de ver. Cresceu na autoestima, porque confiaram nele. Mudou nele a autoimagem, mudou igualmente a vida.

Com minha esposa, ainda, aconteceram dois fatos curiosos, pois ela tem o costume de elogiar o que merece. Estávamos em Istambul, na Turquia, e ela encareceu para colegas de viagem os artigos postos à venda por alguns rapazes numa banca de camisetas e bijuterias. Um dos donos da banca acabou insistindo que ela aceitasse um belo colar de pedras brancas, em gratidão por sua atitude de encarecer o valor daquelas coisas. Em outro momento da viagem, no final da refeição num restaurante, tendo ela elogiado as tâmaras grandes, servidas como sobremesa, o garçom fez questão que ela aceitasse uma taça extra de mousse. Cada um daqueles homens se sentira promovido com as apreciações da brasileira.

Agrava-se a baixa estima de alguém na medida em que não se conhece bastante, porque o mais comum das pessoas fica na periferia de si mesmas, parecendo terem medo de voltar-se para dentro, como se fossem encontrar ali coisas muito feias e desagradáveis. Mais ainda se confirma a dificuldade com certa educação religiosa mal-entendida (comum em épocas passadas) onde se calcava mais no temor do que no encontro com um Deus que é Paizinho amoroso (o Abbá do Novo Testamento); donde, o clima da desesperança própria dos encurralados, do dever penoso de carregar o peso de mandamentos e preceitos.

Feliz quem tem o costume de não só reconhecer o que tem feito de bom, mas também de congratular-se consigo mesmo pelos acertos. Alguém dizia num *Workshop* sobre o assunto: *"Abraçar-se e reconhecer o sucesso conseguido"*.

No filme "Dança com lobos", Kevin Costner representa um soldado americano na Guerra Civil, destacado para um posto avançado, onde fica sozinho. Lá recebe dos índios, que o observavam, este nome de "Dança com lobos", pelo fato de ter sido visto brincando com um lobo excepcionalmente manso e também solitário. Na tribo dos Sioux, com os quais estabelece fraternal amizade, conhece uma moça branca, roubada e criada pelos índios desde pequena. Esta levava o nome "De pé, em guarda", porque havia derrubado uma índia desaforada que a oprimia, e ainda desafiara a quaisquer outras que a quisessem enfrentar.

Pois bem, agora eu lhe pergunto: Que nome você mereceria, com a vida que vem levando? Que nome gostaria de receber dos que o conhecem, a partir de seus brios atuais e dos sonhos que deseja realizar? Ficaria contente com tal nome, ou preferia escolher outro que refletisse todo o seu valor?

O nome é apenas uma etiqueta, como a que se coloca nas calças jeans, feitas em série. É o que chamam também de "marca". Conforme seja esta, a mesmíssima peça de roupa adquire valor muito maior. Pois bem, o nome com que somos marcados desde o nascimento é um dos itens de nossa *imagem exterior*, de nossa imagem social. Lutamos em segredo por ela com unhas e dentes, ansiosos por promovê-la diante dos demais, por fazê-la crescer ou inflar, com vistas a obter prestígio ou popularidade. Lutamos atemorizados, ao mesmo tempo, para que não seja arranhada ou desprestigiada.

O retorno da parte da sociedade, a *opinião social* de que fazem tanta questão as pessoas, na medida em que também sejam superficiais, costumam ser fonte de bastante inquietação. *Como me vêem os vizinhos? Será que na cabeça deles sou importante? Que tipo de notícias será dada a meu respeito na coluna social ou na reportagem sobre a obra em que trabalho (se é que vão lembrar-se de mim)?* Torna-se evidente, com isso, que o maior cuidado das pessoas demonstra-se não tanto ser alguém mas ter posses e, mais ainda e acima de tudo, parecer bem. "Falso brilhante", como cantava Elis Regina nos tempos da Bossa

Nova. Aliás, para não sairmos do campo das artes, Shakespeare dizia que no mundo todos nós, homens e mulheres somos atores, representamos papéis na comédia da vida.

Em oposição, existe para nossa consciência a imagem interior, a *autoimagem*, fruto da constatação do que somos, com todas as nossas qualidades e limitações. Na medida em que esta é percebida com objetividade, como conjunto de riquezas imensas, nasce a autoestima e se fortalece o amor saudável de nós mesmos. O básico nessa questão é termos, você e eu, a maior honestidade, reconhecendo o que somos e o que não somos, sem forçá-la, sem inflá-la, sem exagerá-la para cima ou para baixo. Vamos dizer, importa demais o amor à verdade, seja qual for e seja donde venha, ainda que nos doa. Em outras palavras importa sermos verdadeiros, objetivos, realistas e humildes (porque tudo isso é a mesma coisa).

Li certa vez de uma atriz famosa, fazendo reparo ao pintor que lhe pintava o retrato. Dizia-lhe um tanto decepcionada: *"– Parece que antigamente o senhor pintava melhor. – De fato, respondeu ele, antigamente a senhora tinha vinte anos a menos..."* É curioso, tiramos radiografias da cabeça, assim como das outras partes do corpo, mas não sabemos tirar radiografia de nossa interioridade.

O confronto entre a imagem exterior e a interior costuma ser origem de perturbação, quando a pessoa não tem ideias claras sobre uma e outra, quando faz questão da opinião favorável dos outros, mesmo reconhecendo que no caso não a merecia. O sucesso verdadeiro não depende tanto da opinião dos demais. Colombo não teria descoberto a América, se se tivesse intimidado com as críticas sobre seu projeto aparentemente louco, levantadas nas cortes da Europa. Apreço é bom, mas opinião alheia só vale quanto pesa.

Ter competência

Competência é condição para o sucesso. Você terá ouvido a afirmação: *"Quem não tem competência não se estabelece!"* Nada de bom se improvisa, da mesma forma que a dureza da madeira de lei. Leva esta anos para se formar. Em compensação, dura séculos, sustentando casas na função de vigas e mourões. Quem pretende conseguir algo de significativo na vida precisa convencer-se que vai precisar "suar o topete", "mourejar de sol a sol", como fazia aquele japonês que conheci numa fazenda do interior. Havia arrendado um eito para plantar tomate. De meu quarto eu podia vê-lo, cedo da manhã, antes mesmo de o sol nascer, indo e vindo com o trator, arando e destorroando o terreno; depois, plantando, trançando as varas, irrigando, capinando, para finalmente, sempre sozinho, colher, encaixotar os tomates e transportá-los para a comercialização. Trabalhava o dia inteiro no que sabia fazer cada vez melhor, entrando muitas vezes pela noite, a fim de completar alguma tarefa.

Competência se traduz como estudo aturado e treinamento sem tréguas. Quem não estudou com seriedade no tempo de escola, no mínimo vai precisar tirar o atraso quanto antes, se quiser chegar ao topo. E vai perceber que o estudo continuará necessário, na forma de atualização, porque os conhecimentos teóricos e as descobertas tecnológicas estão continuando a brotar do chão das ciências e do campo fértil da experiência humana, à espera de quem os venha colher.

Treinar também se faz necessário. Quanto mais habilidades você tenha à disposição de imediato, mais rapidamente poderá aproveitar as oportunidades que surjam. Estará pronto para tomar o trem da história, podendo chegar mais rápido à estação do sucesso. Poderá, então, fazer a conciliação entre Teoria e Prática, harmonizando esses campos, harmonia tantas vezes difícil de se conseguir.

Que isso não seja mera teoria, pude comprovar no acompanhamento que tive o privilégio de fazer a um grupo de então universitários, em São Paulo. O lema da competência profissional estava muito claro na ideia de todos e era repetido em várias ocasiões. Pude revê-los há pouco tempo, no lançamento de livros de que participei, na 14ª Bienal do Livro, encontrando-os em cargos de projeção nas empresas em que trabalham ou nas cátedras de universidades ou escrevendo livros. Muitos deles tornaram-se um sucesso de verdade. Porque iniciativa, liderança e criatividade são qualidades que se podem treinar.

Ligar o "feeling"

Outra condição, mais sutil que as anteriores, é o "feeling" para agarrar as oportunidades. Mais que ciência, mais que treinamento, ambos sem dúvida necessários para saber o momento certo e a escolha mais feliz, o *"feeling"* pertence ao campo da intuição. Funciona como radar, em cujo painel de controle comecem a aparecer, como pontos luminosos, os objetos que se aproximam como chances de sucesso.

Entre as várias acepções de intuição, parece-me ser mais apropriada ao caso a de "capacidade de pressentir" (Aurélio), ou forma de conhecimento direto, caracterizada por sua natureza imediata e instantânea (Arnold, Eysenk, Meili).[11] Pode ser entendida ainda como uma espécie de premonição, sensação ou advertência antecipada do que vai acontecer; pressentimento (Aurélio). Essa atitude pode comparar-se a estar com a antena ligada, pronta para receber mensagens eventuais, como ocorre nas ambulâncias e nas viaturas policiais, capazes de captar chamadas onde quer que estejam. Tão logo surja a oportunidade, a mente a capta e a registra, bastando então apenas usar de *discernimento* para julgar de sua conveniência, assim como de *coerência* em torná-la operacional.

Andar em "boa companhia"

Por estranho que lhe possa parecer, é condição para o sucesso. Você talvez logo pense, que agora recomendo escolher os amigos, evitar os baderneiros e os drogadictos de vários

---

[11] Vv.Aa., *Dicionário de psicologia*, vol. II, p. 273, S. Paulo, Ed. Loyola, 1982.

naipes, os jogadores contumazes, os violentos e os vinolentos. E é verdade. Mas há muito mais. Não é apenas o companheiro de vida social que vai influir no encaminhamento de sua vida (já notou como casais de muitos anos de convivência acabam adquirindo semelhanças?). Pode juntar a ele o que você lê, o que assiste na televisão comum ou a cabo, os cursos que faz ou deixa de fazer, suas músicas preferidas, o tempo gasto em visitas ou bate-papos pela rua.

"Diz-me com quem andas e te direi quem és." Velho ditado, que não pára de ter razão. Todos os contatos que você tem e possa ter acabam influenciando o curso de seus pensamentos e de suas decisões. Você teve ideia de adquirir aquela marca de microcomputador, porque leu a propaganda no jornal. Fez aquela viagem a Porto Seguro, de tanto que lhe contaram que era "um barato". Foi assistir àquela peça de teatro, porque o colega de trabalho lhe disse que era legal. E assim por diante.

Todos somos influenciáveis, você também. Que ao menos o sejamos por gente escolhida e com a cabeça no lugar. Que as influências sejam positivas, que os modelos sejam construtivos, que os convites mais ou menos explícitos sejam para melhorar.

Dentre centenas de milhares de livros, muitos existem, felizmente, capazes de lhe abrir perspectivas animadoras para o sucesso. Tais são as obras sobre Pensamento Positivo, de Programação Neurolinguística e as de Autoajuda. Você pode escolher no meio dessa enorme variedade. Seja qual for sua escolha, precisa fazer como o motorista sabedor de que seu carro só anda enquanto tiver combustível. Em outras palavras, é importante ler sempre, diariamente, ainda que seja um pouco. Há quem diga que isso poderia valer como lavagem cerebral. Deixe dizer, porque não passa de equívoco. Por que motivo pode você ficar exposto a tantas influências, como as acima descritas, e não pode escolher justamente aquelas que lhe podem ajudar a subir sempre mais?

Além disso, pode ficar atento para os cursos de extensão, propostos tanto pelas universidades quanto por profissionais competentes em seus escritórios ou consultórios. Esses cursos facilitam a atualização dos conhecimentos e o aprendizado em grupo, abrindo perspectivas para novos horizontes e para você exercitar na própria pele o que talvez não conseguiria, simplesmente lendo nos melhores livros. Foi justamente uma série de *Workshops* sobre o Sucesso que deu origem a estas páginas que você está lendo.

Mais uma coisa. Há quem produza fitas de áudio (cassetes), com palestras interessantes, que você poderá ouvir em casa, a qualquer momento, mesmo no aparelho de som do automóvel, enquanto dirige pelas ruas ou pelas estradas. Parafraseando a resposta do Mestre, poderia dizer: *Não só de música vive o homem, mas também da palavra que ensina.*

Por falar em música, é importante reconhecer que ela também produz efeitos sobre a vida das pessoas. Músicas de Bach, Mozart, Beethoven e semelhantes favorecem o equilíbrio psíquico e a reflexão organizada, enquanto que as músicas de "rock pauleira" (se é que podem ser chamadas músicas) induzem a desorganização da personalidade e o embrutecimento das emoções. Experiências conhecidas demonstraram a diferença positiva da música clássica sobre as vacas durante a ordenha, fazendo-as produzir mais leite. Com todo o respeito, também a nós músicas suaves tranquilizam, razão, acredito, do surpreendente sucesso obtido nos últimos tempos pelos CDs de Canto Gregoriano. A arte sadia educa a personalidade e a prepara para entender a vida em suas dimensões de beleza e profundidade.

Você pode convidar amigos, que possuam ideal semelhante ao seu, para formarem um grupo de estudo, o qual permita a reflexão sistemática sobre os assuntos de seu interesse e de interesse comum. Muitas cabeças pensam melhor que uma só, além de se estimularem mutuamente para a realização de suas descobertas.

Ser um autêntico "vendedor"

Como você é esperto, já terá atentado para a condição das condições, escondida até agora nas que fui expondo. A de ser um autêntico vendedor. O triunfador é alguém que sabe vender suas ideias e seus propósitos, sabe valorizá-los para si em forma de ideais e tem a capacidade de apresentá-los aos outros de maneira empolgante. Acredita neles, aposta em sua realização e joga todas as fichas em sua conquista, como o jogador de sorte, seguro de que vai ganhar todas. Se em algum momento ocorre uma perda, considera-a mero detalhe, vai em frente com a mesma confiança, sorriso nos lábios e convicção da vitória no coração. Não se deixa abater pelos "Nãos", sabendo que as sombras num quadro servem para realçar as cores; e que a escuridão é apenas o resultado de algum obstáculo a impedir a luz. Mas está certo de que esta existe. Sabe que a vida, a sua e a de muitos outros, depende do progresso de seu negócio e se lança com entusiasmo ao trabalho. Não se dá mais tréguas que a necessária para o descanso normal, nem se permite férias maiores, enquanto não tenha conseguido oferecer seu produto e obtido retorno favorável para suas propostas. Traz uma atitude de vida, uma postura interior, que permanecem acesas como farol de milha em estrada não bem iluminada.

Garantir uma boa aparência

Cuidados na própria apresentação. Dizem os entendidos em gastronomia, que metade do apetite depende da apresentação dos pratos. Por deliciosa que seja a comida de um restaurante, perde muito do interesse, quando vem em travessas mal-arrumadas. Pelo contrário, até em casa, o cuidado dos arranjos entra pelos olhos e vai direto à língua e ao estômago, despertando a vontade de experimentar aquelas coisas certamente deliciosas. De modo semelhante, quem quer ser respeitado, por mais respeitável que seja como gente. As portas se abrem para tais pessoas com mais facilidade.

Orgulhar-se de si mesmo, sem arrogância, sem comparar-se a ninguém, sem se pôr acima dos outros, é atitude que concilia o respeito dos demais. Percebem logo que você sabe que tem valor, e só por isso já começam a valorizá-lo. Deixe de lado a falsa modéstia, que acaba sendo como esconder a lâmpada debaixo da cama, quando deveria estar bem alta no meio da casa para iluminar todo o ambiente. *"Brilhe pois sua luz diante dos homens!"* já afirmava o Mestre, para que a fonte suprema da luz seja reconhecida e valorizada.

A boa aparência favorece que se abram as portas com maior prontidão e boa vontade. A roupa bem combinada, limpa e bem passada, adequada para a circunstância; os cabelos e bigodes (para quem os tem) bem aparados e penteados; os dentes escovados após as refeições e o hálito pelo menos não desagradável; as mãos limpas e secas apesar dos ardores do verão; os sapatos engraxados e em bom estado, o escritório ou a residência decorados com gosto sem precisar de requinte, as maneiras educadas de tratar as pessoas, evitando qualquer rebuscamento que mais cheira a falsidade e artificialismo: tudo isso certamente vai fazer a pessoa ganhar pontos junto àqueles que de algum modo influirão no encaminhamento de seus projetos.

O desmazelo no modo de apresentar-se costuma ser o resultado de uma atitude de rebeldia, com que a pessoa, geralmente mais jovem, tenta agredir o mundo e mostrar-se contrária a tudo e a todos, num arremedo canhestro de independência. Na verdade, ninguém consegue ser independente. Basta que cada um chegue a ser autônomo.

Ser um bom comunicador

Seja um bom comunicador para ter sucesso. O polêmico apresentador de televisão, Abelardo Barbosa, o Chacrinha de fantasias extravagantes e de muitos ditos que marcaram época, dizia: *"Quem não se comunica, se trumbica".* Em outras palavras, quem não entra em contato mais íntimo com os demais, acaba se prejudicando, perde oportunidades, acaba se dando mal.

Parafraseando Vinicius de Moraes, eu diria: *Os tímidos que me desculpem, mas comunicação é fundamental.* Você não precisa ser apresentador de programas de auditório ou orador de praça pública ou vendedor profissional de enciclopédias e coisas parecidas. Mas precisa, com certeza, saber *as regras mínimas do Diálogo.* Embora de forma resumida, vou trazer aqui algumas, sem a pretensão de esgotar o assunto.

Em primeiro lugar, você precisa ser honesto com aqueles com quem entra em contato, de modo que seu trato exterior reflita o que pensa internamente. E, ao dizer isso, convém pensar o quê?

- Que ninguém é mais, ninguém é menos do que o outro, porque ambos têm uma riqueza imensa dentro de si mesmos.
- Que é importante pensar bem dos outros, sem preconceitos de qualquer espécie, porque a boca fala do que vai no coração.
- Que você vai receber de volta aquilo que mandar para os outros (a lei da bolinha de borracha ou 3ª Lei de Newton, que diz: "A toda ação corresponde uma reação igual em sentido contrário").
- Que, antes de dizer que discorda dos outros, perceba que discorda das *colocações* mas nada tem contra as

pessoas deles. Opiniões divergentes, aliás, são bem-vindas, porque ajudam a descobrir novos caminhos. É o que lembra o provérbio latino *"é próprio do sábio mudar de opinião"*.

- Que, precisando dar opinião diversa, comece salientando os pontos com que pode concordar, as coisas positivas sempre existentes, em vez de ir logo se pondo como contrário. Qualquer tolo pode discordar. Lembre-se de que ninguém gosta de ser contrariado com uma objeção, porque não é só a opinião dele que é então decapitada, mas também sua autoimagem.

- Que o tom de voz e a expressão exterior sejam conciliatórias, mesmo que não concorde com algum ponto, porque a "forma" como você fala é muito mais importante do que o "conteúdo" do que você fala. Que adianta vencer numa discussão se, com isso, você perde um amigo ou futuro colaborador?

- Que sua crítica seja feita em particular, discreta quanto possível, para não deixar o outro constrangido diante dos demais. E sempre procurando indicar duas coisas: a) qual poderia ser a alternativa ou o caminho correto, porque o que interessa é a verdade; e b) que é muito bom trabalhar com ele, pois o importante é a cooperação.

- Que é necessário defender com garra aquilo que é justo, verdadeiro e não prejudica a ninguém, a começar por você mesmo. Mas, ao mesmo tempo, que o faça com autêntica diplomacia (que não significa covardia ou "colocar panos quentes" sobre a questão).

- Que o mais importante do Diálogo é *escutar atentamente* (mais que ouvir), é deixar os outros falarem o que têm a dizer, com a vantagem de, com isso, perceber quais são os "sonhos" deles, ponto de partida para você poder oferecer o que tem para eles e começar algum negócio. Portanto, antes de querer responder, tenha certeza de que quer escutar o que os outros têm a dizer.
- Que não funciona o princípio ou lema *"Vencer ou Vencer"*. Porque não é atropelando os outros – e suas ideias – que se consegue o sucesso. Com certeza é muito melhor que, ao final de um encontro, as partes possam concluir que todos venceram, que ninguém venceu ninguém, mas caminharam lado a lado para a conquista de algo maior que os interesses particulares de cada um.

Em segundo lugar, já que falamos de Diálogo, há umas tantas estratégias muito práticas para que seus encontros dêem certo:

- Ponha as pessoas à vontade. Seja cordial, sorria sem falsidade e dirija-se a todos os presentes sem timidez ou antipatias.
- Procure estabelecer com elas uma autêntica sintonia ou *"rapport"*
- Seja pontual nos compromissos, não faça os outros esperarem por você.

- Fale o que for preciso, mas evite discursar: seria um desastre. Aliás, por que será que temos uma só boca e duas orelhas?
- A veemência no falar não tornará mais fortes os argumentos. A violência é a máscara da incompetência.
- Fique no assunto, evite digressões, porque elas só fazem perder tempo.
- Procure sempre chegar a alguma conclusão prática, para evitar o mal-estar de terem tido um "papo furado". Observe a linguagem do corpo, pois o corpo fala (há bons livros a respeito).[12]
- Apesar da naturalidade, deixe o outro ou os outros terminarem o que estão dizendo, não os interrompa. Espere sua vez de falar. Incentive o interlocutor manifestamente tímido ou constrangido. Dê-lhe a chance de expor suas ideias, talvez bastante enriquecedoras. Em consequência, evite monopolizar o tempo e a palavra.
- Num grupo, cuide de preservar a harmonia. Não dá para pescar em águas turbulentas. Não abra trincheiras ou fossos entre você e os outros, antes, construa pontes que facilitem a aproximação e o entendimento.
- Antes de dizer *"Não concordo!"*, coloque-se na pele do outro, em seu ponto de vista ("empatia"), diga-lhe mesmo que você vai pensar com carinho sobre o assunto e agradeça seu interesse.

---

[12] WEIL, Pierre, *O corpo fala*, 2ª ed., Petrópolis, Ed. Vozes, 1973.

- Ser sincero não é favor para os outros, é, antes de mais nada, um favor para si próprio. Seja seu Sim, Sim, e seu Não, Não.
- Seria desconsideração com os outros estar fazendo outra coisa, enquanto alguém lhe fala, como assobiar, desenhar numa folha, olhar distraidamente para fora ou entabular conversas paralelas (que podem significar "os outros que se danem!").
- Em caso de impasses, não esquente a cabeça, dê a si e ao outro o tempo necessário para as coisas se ajeitarem. Volte ao assunto mais adiante.

Agradecer todas as coisas

O hábito de agradecer todas as coisas concilia as boas graças das pessoas em volta e cria um clima para que coisas ainda melhores comecem a acontecer. Agradecer é reconhecer o bem existente, é focalizar o positivo do mundo das pessoas, em oposição ao negativismo que campeia na maioria dos ambientes. É praticamente impossível dizer "Obrigado" sem, ao menos, esboçar um leve sorriso, porque exprime satisfação. Ora, a satisfação necessariamente desabrocha como alegria, assim como o botão de toda flor que se preze. Essas e outras providências vão abrir caminho para que as coisas comecem a acontecer, para espanto seu, para alegria sua. Entretanto, é preciso ter Princípios norteadores internos e externos, marcos orientadores na estrada para o alto. É o que veremos agora.

CAPÍTULO 4 | PRINCÍPIOS E CRITÉRIOS

Voltando à Regra básica da Psicologia, de que falei acima, torna-se imediata a compreensão do que seja um Princípio de Ação. Se tudo em nosso comportamento tem início no pensamento (no que refletimos, lembramos ou imaginamos), daí se seguirão automáticos os sentimentos afins e as ações que decidimos ter. *"São as ideias que movem o mundo."* O que leva os índios a devorar adversários e comer-lhes o coração é a convicção (o princípio) de que vão herdar-lhes a coragem. O que move o médico a desligar a aparelhagem de um paciente entubado é a evidência de que é perfeitamente ético e mais conveniente deixá-lo morrer, antes que mantê-lo em inútil estado de sobrevivência vegetativa.

Ao mesmo tempo, os Princípios funcionam como Critérios de julgamento sobre o valor das escolhas e sobre a oportunidade do momento. Critério é aquilo que serve de base para comparação, julgamento ou apreciação. É também um tipo de princípio que permite distinguir o erro da verdade. (Aurélio). O Certo e o Errado, embora conceitos populares nebulosos e sujeitos a bastante confusão, não chegam a orientar de modo suficiente nossos comportamentos ou a iluminar as escolhas que precisamos fazer.[13]

Assim, convido você a me acompanhar nesta exposição, como se fôssemos visitar uma Galeria de Arte, onde percorreremos três salões importantes.

1º Salão: dos Princípios Orientadores

• **Sou aquilo que penso ser.** O pensamento nasce em mim e gera a realidade. Se acredito que serei rico, forte e saudável, isso acontecerá. Se pensar que sempre serei pobre e sem oportunidades, frágil demais para enfrentar problemas e empreendimentos mais arriscados, assim será. Algo em mim vai mobilizar-se, para além da consciência, fazendo minha vida tomar esse rumo. Quem aceita agir dessa forma, começa a perceber em si mesmo uma porção de mudanças, até na saúde, na firmeza do andar, na caligrafia, na facilidade para falar em público, na disposição para agüentar o trabalho de um dia cheio de compromissos.

Uma cliente jovem, aluna do curso médio, entre outras coisas me trouxe a dificuldade constrangedora que sentia com relação às provas de Geografia. Sugeri que aproveitasse a força do pensamento em forma de imagens. Que, além de estudar com cuidado a matéria, se visse uma e outra vez na situação

---

[13] Lacerda, Milton Paulo de, *O certo e o errado, o desafio de permanecer livres*, Rio de Janeiro, Ed. Vozes, 1995.

de exame, sentada em sua carteira, escrevendo tranquilamente folhas inteiras, entregando-as ao professor e vendo-o recebê-las com um sorriso; vendo-o também escrever um "Muito bem!" em sua prova. Em seguida, olhasse com a imaginação para o quadro onde se expõem as notas e percebesse a sua como excelente. Pois bem, na semana seguinte ela me retornou que jamais fizera prova tão boa. Nosso inconsciente se encarrega de acionar dispositivos maravilhosos, para nós desconhecidos, pelos quais o rendimento se duplica e multiplica. *"O pensamento humano cria aquilo que pensa."*[14]

Os "princípios" podem ser chamados também de convicções ou crenças. Por outra, *são expressões denotando certezas.* Ora, que é uma certeza? É aquilo que penso e digo com segurança. Quando dizemos acreditar que aquele senhor e aquela senhora são nossos pais, afirmamos uma atitude de segurança, a qual nos leva a tratá-los de maneira toda particular, diversa da que podemos ter com o resto da humanidade. Acreditamos que o banho nos faz bem à saúde e, por essa crença, nos pomos diariamente debaixo do chuveiro. Cremos que é recomendável servirmos um cafezinho para as visitas, e lá estamos nós com a bandeja do líquido perfumado, a cada vez que alguém aparece em nossa casa.

Todos os princípios são crenças, bem fundadas sem dúvida, e capazes de nos mover ao sucesso. Quanto mais enraizados estejam em nossa mente, com tanto mais força

---

[14] In *Pode quem pensa que pode*, p.11, Lauro Trevisan.

vão nos impelir à realização e nos transformam naquilo que pensamos.

O cuidado, necessário nesta questão de crenças, é que podemos acabar acreditando em qualquer coisa, seja por ignorância, seja por desinformação, seja por falta de consciência crítica. Há gente que engole literalmente tudo que seja "preto no branco", isto é, escrito em letra de imprensa. Nossas crenças ou princípios são sempre passíveis de ser investigados sob a lente do razoável e do sensato, quando não do científico e do aconselhável, por pessoas bem formadas. Você e eu podemos escolher em que vamos acreditar, a respeito de nós mesmos, a respeito de valores, a respeito de vida, sabendo que essas crenças vão determinar o que seremos um dia. Porque, nós somos aquilo que pensamos.

• **Posso muito mais do que imagino poder.** Os limites só existem se eu acreditar neles. Fiz com alguns clientes esta experiência. De olhos abertos, braços estendidos à frente e pés firmes no chão, deviam ir girando para a esquerda até onde pudessem chegar, fixando então com os olhos o lugar atingido, na direção das mãos. Depois, voltando à posição inicial, agora de olhos fechados, deviam fazer o mesmo, tendo primeiro imaginado que estavam chegando bem mais longe do que da primeira vez. O resultado sempre foi surpreendente: iam cheios de admiração bem mais adiante. Isso ocorre em quase todas as situações da vida. Somos capazes de realizar coisas incríveis, bastando que nos permitamos pensar grande. Nessa linha vai aquela afirmação: *"Você pode, se acha que pode".*

Norman Vincent Peale conta, em seu livro com o mesmo título, o fato do fazendeiro que presenciou horrorizado o acidente do filho de 14 anos que capotara com o caminhão dentro de uma valeta e ali estava prestes a se afogar. Apesar da pequena estatura, não hesitou em saltar na água. Ergueu o caminhão e libertou com as próprias mãos o filho inanimado. Tentou depois repetir a proeza, e não o conseguiu. No apuro do acidente, erguera o veículo sem parar para raciocinar se tinha forças para fazê-lo. Houve no caso violenta descarga de adrenalina, conferindo-lhe força redobrada e condições de conseguir o que queria.

> *"Você é seu único limite, repete à exaustão Lauro Trevisan em vários de seus livros. E acrescenta: Tudo o que você pode pensar, criar, sonhar, desejar, imaginar, pode realizar. Um dia, o avião não existia; o ser humano o imaginou e o avião se tornou realidade material...Garanto-lhe que meu bisavô jamais sonhou com a televisão. Mas, alguém sonhou e a televisão existe. As grandes realizações são devidas a pessoas que souberam sonhar grandes sonhos...Você é seu único limite. Seu Poder é infinito, mas, se você não o usar, ou usá-lo indevidamente, não passará de um marginalizado".*[15]

---

[15] TREVISAN, Lauro, *Pode quem pensa que pode*, 2ª ed., Santa Maria, RS, Ed. da Mente, p. 24-25.

Não me furto de lembrar a experiência realizada num circo de pulgas,[16] onde elas foram treinadas a limitar os saltos tremendos de que são capazes, através de um tampo de vidro, colocado em altura bem abaixo de suas possibilidades. Cada vez que tentavam saltar para fora, batiam no teto de vidro, condicionando-se assim a não mais ultrapassar aquela medida. Posteriormente, não havia mais necessidade desse obstáculo, porque elas se acostumaram a saltar somente até aquela altura. As pessoas podem agir de modo semelhante, admitindo e incorporando limites desnecessários a sua realização.

A constatação de certa impotência diante de situações sem solução não contradiz essa verdade. Nem vocês nem eu somos onipotentes. Podemos muito, mas nosso poder tem limites. O Pensamento Positivo não deve ser confundido com Mania ou Euforia, de que fala a Psicopatologia. Usar o Pensamento Positivo é atitude saudável, nascida da autoestima, da crença na bondade do Universo em que vivemos e da força das leis de crescimento que o regem. Esse modo de pensar ajuda a atingir o máximo das capacidades. Mas não lhe dá o direito de esperar que produza um tipo de resultado qualquer. As expectativas, enquanto modo exigente de esperar, são fonte de decepção. *"Só se desilude quem estava iludido."*

• **Sorte e azar é a gente que faz.** A falta de reflexão, juntamente com a influência de nossa cultura um tanto

---

[16] MAXWELL, John C. & DORNAN, Jim, *Estratégias para o sucesso*, S. Paulo, Ed. Pro Net, 1996, p. 57-58.

negativista e supersticiosa, leva muitos a acreditar em sorte e em azar, assim como no efeito mágico de certas bênçãos de benzedeiras e de "simpatias", que nos poderiam alcançar riqueza, parceiros de namoro ou bom emprego. Gente ignorante, independente de status social, sente necessidade de suprir a falta de conhecimentos científicos, na explicação dos fenômenos que não entendem, pela interpretação fantasiosa dos mesmos, introduzindo entidades dos mais variados tipos como duendes, gnomos, exus, anjos e outras aberrações semelhantes. Nesses casos não significam nada o carro importado que têm, a mansão no bairro luxuoso, a projeção social e o tamanho da conta bancária. Vai bem aqui o plástico, tantas vezes usado no vidro traseiro dos automóveis saídos de determinada concessionária: "Não fale em crise, trabalhe!" O poeta alemão, Julius Grosse, se manifestou a respeito: *"Nossa sorte não está fora de nós, mas em nós e em nossa vontade".*

Antes da construção de um prédio, o arquiteto senta-se diante da prancheta e faz os esboços necessários. Imagina formas e proporções, primeiro que tudo na própria mente. Só aos poucos, e à medida que ali se delineiam, é que as vai passando para a grande folha do projeto. Essa é a primeira concretização do edifício. O fato de ser concretado (com perdão do trocadilho) é posterior a tudo isso. Da mesma forma, é impossível a você ter sucesso, enquanto não o idealizar em sua cabeça. E tanto mais será realidade, quanto o pensar na mente e acalentar no coração. Não existe sorte, existe sonho e planejamento. Não existe azar, mas pessimismo e descrença das próprias possibilidades.

Para quem tem fé, é ainda mais fácil entendê-lo, ao recordar que *"para Deus nada é impossível"*. Ou também que *"tudo é possível àquele que crê"*. Se podia parecer azar o fato de que meu carro começava a perder força na subida da Rodovia dos Imigrantes, naquela manhã de 5ª feira, a ponto de eu precisar reduzir a marcha para a 3ª e logo depois para a 2ª, também não foi questão de sorte o fenômeno de vê-lo arrancar poderosamente em seguida, quando estendi as mãos para o motor e lhe ordenei com energia que funcionasse perfeitamente até São Paulo. Não foi milagre. Foi apenas um ato de fé no poder da mente, coisa que você também tem. Não foi sorte, foi a crença de que tudo acontece de acordo com o que pensamos. Ou, como dizia o autor já citado,

> *"As duas fantásticas descobertas da humanidade são: que em você existe um PODER, e este Poder é acionado pelo PENSAMENTO. Você somente alcançará aquilo que pensa que poderá alcançar. Seja o que for"* (L. Trevisan).

É verdade que não temos condições de evitar tais ou quais eventos no mundo que nos cerca, mas podemos com certeza controlar o que pensamos e em que acreditamos, sabendo que, em consequência, será isso que vamos sentir e, depois, exteriorizar em forma de ação. Ora, como saber quando uma decisão sua é para valer? Quando, ao tomá-la, você elimina todas as outras possibilidades de agir, nem fica a olhar para trás arrependido. O que importa são as decisões que tomou, não o ponto onde se encontra no momento.

• **Tempo é questão de preferência.** Pensando bem, o dia tem 24 horas para todas as pessoas, para mim, para você, para as pessoas mais bem-sucedidas do mundo (inclusive aquelas das listas dos homens mais ricos); também para os mendigos, para os velhinhos dos asilos que aparentemente não fazem nada o dia todo como que à espera da morte, e até para os que tentam suicidar-se ao tomarem consciência de um grande fracasso. A História fala de casos assim, como em 1929 a quebra da Bolsa de New York, como a queima do café no Brasil, naquela mesma época, ordenada pelo Governo a fim de lhe aumentar o preço em nível internacional, deixando muitos fazendeiros na miséria, com contas impossíveis de pagar.

O problema está no modo como cada pessoa usa o tempo que tem. Alguns dormem tarde da noite, vendo televisão ou jogando cartas, ou simplesmente jogando conversa fora. Depois, não agüentam acordar cedo, ficando na cama até as tantas. Outros dormem cedo e levantam cedo, vão caminhar na praia ou no parque, alimentam-se de modo saudável e partem para o trabalho, aproveitando as melhores horas do dia.

Muita gente perde precioso tempo todos os dias, do mesmo jeito que aconteceu com o pneu de meu carro há poucos dias. Furos quase invisíveis no pneu radial faziam-no ir esvaziando em ritmo lento, porém inexorável. Furos semelhantes vão esvaziando de sentido a vida de muitos, roubando-lhes a disposição para prosseguir de maneira útil e gratificante.

"Muito tempo se perde não em horas, mas em minutos. Um balde com um pequeno furo no fundo fica tão vazio quanto um balde que deliberadamente foi esvaziado" (Paul J. Meyer).

Vamos supor que os 86.400 segundos de cada dia fossem transformados em dinheiro, em Reais. Com certeza haveria quem esbanjasse quantia tão grande, pois teria liberdade de usá-la como quisesse. No entanto, sendo prudentes, mesmo que não ambiciosos, faríamos bem em poupar o dinheiro que sobrasse, depois dos gastos feitos dentro da moderação. Nós somos ricos de tempo e podemos fazê-lo trabalhar a nosso favor.

Com certeza há circunstâncias desfavoráveis que interferem no desempenho de uma pessoa durante seu dia, como a condução apinhada, o trânsito, as filas de espera nos bancos, a incompreensão de patrões e a possível deslealdade de colegas. No entanto, cada pessoa é responsável pelo modo como emprega o tempo. Você e eu estamos incluídos nisso.

O tempo disponível para obtermos sucesso equivale à quinta parte dos anos de nossa vida, ou seja, no máximo 10 ou 15 anos de trabalho, no conjunto de uma vida média de 70 anos. O cálculo foi feito descontando-se todo o tempo em que dormimos, comemos, que viajamos em férias, esperamos nas filas, ficamos na escola, participamos de reuniões, atendemos a telefonemas, somos interrompidos em nossas tarefas, ficamos procurando coisas importantes em bagunça do quarto, assim como nos momentos valiosos que gastamos nas "sessões de lamentação" pelos erros do passado, nos adiamentos de coisas que podemos fazer logo, na falta de agendar os compromissos ou em que jogamos conversa fora.

Aliás, vale a pena nos fazermos de vez em quando esta pergunta: *Em que coisas ando perdendo tempo?* Principalmente sabendo que muitas pessoas estão progredindo no mesmíssimo tempo que talvez estejamos perdendo.

Lembro o caso que me ocorreu quando escrevi um livro sobre a personalidade de Jesus Cristo. O psiquiatra com quem eu fizera terapia em grupo e, posteriormente, o Curso Avançado de Análise Transacional (A.T.), mais de uma vez afirmara em minha presença que Jesus Cristo havia sido pessoa altamente neurótica, pelo simples fato de que havia morrido de morte violenta. Ora, segundo sua maneira de entender a Teoria dos *Scripts* da A.T., tal coisa só acontece com pessoas marcadas por um Roteiro de Vida hamártico, isto é, trágico, gravado na infância e cumprido ou representado pelo resto da vida. Fiquei com aquilo atravessado na garganta. Que teria adiantado no início eu dizer-lhe: *"Não concordo!"*? Não possuía, então, argumentos para o contrário. Depois, num Congresso em Belo Horizonte, pude defender pequena tese sobre a Autonomia de Jesus Cristo, fortemente aplaudida por bom número de psiquiatras, psicólogos, educadores e administradores de empresa ali presentes. Animei-me com isso e, no final daquele mesmo ano, tranquei-me durante 13 dias num lugar sossegado no interior do Estado. Da manhã à noite, pus-me a escrever o restante do que se tornou depois o livro "Jesus de Nazaré, Vencedor ou

Perdedor?", com o subtítulo "Uma Análise Transacional do Jesus Histórico".[17] Só para completar o caso, no Congresso do ano seguinte, ocorrido em Salvador na Bahia, entreguei contente um exemplar para meu psiquiatra. Até hoje não me deu resposta, embora tenhamos continuado amigos. Movido pela vontade de lhe dar resposta e tocado nos brios de cristão, achei tempo para escrever um livro inteiro em apenas 13 dias. Tempo é questão de preferência. Escolhi naquela ocasião não fazer mais nada, a não ser alimentar-me e dormir o suficiente. De resto, lá estava eu em meu canto, ocupado com minha máquina de escrever portátil.

Sem os exageros dos que não querem perder um minuto, a ponto de viver pendurados no telefone celular, interrompendo refeições e horas de lazer com assuntos de negócios, podemos aproveitar muito bem nosso tempo, fazendo-o render em benefício de nosso sucesso. É apenas questão de ser coerentes com os sonhos para os quais despertamos. Queremos ou não? Que sentido faz gastar horas em frente à televisão – tantas vezes com programas tão vazios –, quando podemos estar lendo um bom livro ou telefonando para gente que nos abra caminhos, ou escrevendo uma carta ou traçando planos de ação para a próxima etapa de nossa caminhada? Santo Agostinho, bispo de Hipona, dizia sobre quem perde oportunidades:

---

[17] LACERDA, Milton Paulo de, *Jesus de Nazaré, vencedor ou perdedor"*, S. Paulo, Ed. Loyola, 1989.

"Quando quer não pode, quando pôde, não quis. E assim, por um malquerer, perdeu um bom poder".

Nesse sentido vai o cuidado de viver o momento presente. É o único que temos. O passado já se foi. O futuro depende do que plantarmos agora. Com os pés firmes no chão da realidade, de coração colocado nas alturas do ideal a atingir, só nos resta estar atentos aos apelos de cada minuto que passa. As saudades de tempos idos não vão dar solução aos problemas atuais, no máximo poderão mostrá-los como experiências antigas, talvez sirvam para o presente, não mais que isso. Repousar nos louros do passado seria, igualmente, estacionar no tempo, como quem se senta à beira da estrada e perde o senso do destino.

Ficar, ao contrário, pendurados na folha de projetos de futuro, é laborar na ilusão, como se o simples croqui do futuro prédio na prancheta do arquiteto já pudesse receber o "habite-se" da Prefeitura.

• **Geralmente só se colhe o que se plantou.** Tanto mais quanto mais se plantar. Parece óbvia demais a afirmação. No entanto, acredito, vivemos equivocados a respeito. Não chegamos a ser bons jardineiros de nossas casas, muito menos fazendeiros de nosso país. Costumamos exigir mais dos resultados do que seria razoável, pois nosso comodismo ou, ainda, nossa incoerência pretendem flores e frutos em plantas inexistentes.

É bem diferente o aspecto de uma horta de fundo de quintal, do de alguns alqueires de terra plantados, como os que vemos pelo interior nas plantações de soja, cana-de-açúcar e laranja, a perder de vista. Assim também as propostas de dedicação entre as pessoas. Umas se contentam com negócios medíocres. Outras mostram arrojo e se dedicam a planos de grande alcance. Cada uma terá o que merece. O que importa é fazer o que precisa ser feito, não o que nos agrada em curto prazo.

• **É dando que se recebe.** A pessoa imatura acha que vai progredir na medida em que amealhar para si o maior número de bens. Assemelha-se à criança, que só encontra segurança na posse de coisas externas (o Ter), porque ainda não entende que o progresso real consiste no crescimento interior (o Ser). É bom e necessário ter dinheiro, casa, roupas, livros, terrenos, carros. Mas há coisas que dinheiro algum é capaz de comprar.

> *"O dinheiro pode me comprar uma casa, mas não um lar; uma cama, mas não uma boa noite de sono; prazer, mas não felicidade; um tempo divertido, não a paz de espírito; e companhia, mas não um amigo".*[18]

No entanto, *só cresce quem ajuda os outros a crescer.* Fazendo outras pessoas progredirem em oportunidades é que iremos descobrindo nossos próprios caminhos para o sucesso. Mais dia menos dia vamos colher os frutos daquilo que

---

[18] ZIGLAR, Zig, *Além do topo*, Rio de Janeiro, Ed. Record, 1996, p. 35.

formos. Quem lida com flores perfuma a si e ao ambiente. Quem economiza demais a água, morrerá de sede.

Albert Schweitzer, médico, musicista, pastor evangélico, conhecedor profundo de botânica, achou por bem dedicar a vida aos mais desamparados seres humanos, embrenhando-se com a esposa no coração da África, em Lambarené. Foi um dos grandes benfeitores da humanidade, apesar do escondimento de seu ministério. Foi um sucesso. O que se ouve e o que se vê no comércio e na indústria, pelo contrário, é a competição desenfreada. A maioria quer vencer a qualquer preço, pouco se importando com o que aconteça aos demais. Aliás, dão a impressão de que vencer é o mesmo que deixar os outros por baixo. *"Há lugar para todos, há chance e oportunidades para todo mundo"*, repetia aquela aluna na faculdade, ao perceber como as colegas sistematicamente escondiam umas das outras as oportunidades de estágio e outras vantagens para a própria formação. Não é preciso sustentar tanta insegurança, como se as coisas apreciáveis e desejáveis estivessem por acabar. Acontece justamente o contrário: *é dando que se recebe*, é favorecendo os outros que nos enriquecemos, é fazendo os outros felizes que nos garantimos a felicidade.

Dentro de uma mesma empresa ou de um escritório (até de uma família!) é um pouco mais fácil entender esse conceito. Basta recordar que um time de futebol só há de vencer enquanto houver jogo de equipe. Qualquer organização só há de vencer se houver trabalho de conjunto. O mundo será mais belo, quando for mais fraterno. As organizações serão tanto mais prósperas quanto mais cooperativas, quanto mais visarem ao bem comum. É preciso acabar com a mentalidade do *"Saia de baixo, porque eu quero vencer!"*.

O princípio vale igualmente em situações mais simples. Quando se encontra alguém, se você sorrir com sinceridade, o outro tenderá necessariamente a sorrir; se cumprimentar, ele vai corresponder. O outro funciona como espelho, pronto a refletir sobre você mesmo qualquer raio de luz que projetar sobre ele.

• **Quem não chora, não mama.** O provérbio quer explicar, em termos ridículos, uma verdade muito séria. A saber, que os outros não têm obrigação de ter bola de cristal e adivinhar quais são nossas necessidades. Podemos pensar que os outros, se pudessem, até nos ajudariam em muitas situações, como é frequente perceber em ocasiões de acidentes, quando, além dos curiosos que se amontoam para ver o acontecido, aparecem os disponíveis para socorrer e dar o apoio necessário.

• **Não é preciso inventar a roda, outros já o fizeram.** Você pode aproveitar muito se lançar mão das experiências alheias. Felizmente vivemos num mundo de pessoas inteligentes e criativas, que de tempos imemoriais nos oferecem os resultados de suas descobertas. Não precisamos mais pensar em lâmpada elétrica e fogão a gás, automóvel e ferro elétrico e assim por diante. Da mesma forma, muita gente foi a nossa frente exercitando métodos felizes de obter sucesso. O que precisamos é entrar em contato com eles e aprender de sua experiência. Já acenei anteriormente à existência de fitas gravadas, cursos de fim de semana e livros que tratam justamente das experiências que deram certo.

• **Ninguém dá o que não tem.** É necessário primeiro *ser* para depois *ter*. Ter sucesso é consequência de alguém ser excelente. Não basta a informação, por mais rica e promissora que seja. Diz-se mesmo que no presente século, a posse da informação é a chave para o poder. No entanto, não é o poder que satisfaz. Que adianta sentir-se por cima. Seria como esses obeliscos, chantados no meio de praças da Europa, mas sem poder real nenhum sobre os passantes distraídos. Nada substitui uma boa formação, incluindo formação da consciência crítica (capacidade de discernimento) e formação do caráter (equilíbrio das emoções e autodomínio).

• **Ter sempre presente a meta proposta.** O capitão de um barco está volta e meia examinando as cartas marítimas, para garantir a rota da viagem e a chegada ao destino. É importante não perder de vista os objetivos. Uma garota muito bonita, membro de um grupo de universitários, procurou-me angustiada, desesperançada de conseguir algum rapaz que a amasse, desde que o ex-noivo havia abusado de sua ingenuidade e a abandonara. Depois de algumas sessões de desabafo, necessárias até para ela poder usar de discernimento, eu lhe disse que podia confiar. Mais cedo do que podia imaginar, haveria de aparecer alguém merecedor de seu afeto. Dito e feito. Poucos meses depois o grupo foi em excursão à cidade natal de um deles. Este convidou um colega de trabalho para acompanhá-los. Na volta, ela e o convidado já estavam namorando.

"Não se ama o que não se conhece", reza o ditado. O entusiasmo necessário para a realização de um sonho supõe que saibamos muito bem de que se trata e o que queremos. Gosto da comparação da cebola, com suas múltiplas cascas. A gente pode ir tirando-as progressivamente, até chegar ao miolo. Assim vale a pena fazer com nossos objetivos. Há muito que descobrir a respeito, e o resultado será nos interessarmos ainda mais por eles.

• **A perseverança tudo alcança.** E exemplar o trabalho dos castores, animais aquáticos, construtores de represas, roendo, pacientes e perseverantes, grossos troncos de árvores até derrubá-los na água. Fazem obra impressionante de engenharia, levados por instinto tão curioso. Levam tempo, mas assim conseguem preparar o ninho para suas crias.

Não foi repentina a fortuna de um Rockefeller, assim como a de muita gente rica que você conhece melhor. Vários imigrantes vieram tentar a sorte em nossa terra, labutaram por longos anos, acreditaram teimosamente que podiam vencer, e acabaram se estabelecendo numa posição social e financeira muito confortável. Afinal qual o sentido de desistir? Custou anos de paciente dedicação o trabalho de Anne Sullivan, preceptora da jovem Hellen Keller, cega, surda e muda. O resultado foi o impressionante sucesso de fazer da menina uma pessoa sem complexos, capaz de cursar faculdade e tornar-se escritora e oradora, fazendo conferências pelo mundo, exemplo para muitos outros, prejudicados também na visão.

A escalada de uma alta montanha, como o Everest, exige meses de planejamento e preparação. O resultado será muito gratificante, mas a paciência e a perseverança serão a garantia do sucesso. O mesmo se diga de qualquer empreendimento que se queira pensar.

Muitas razões vêm explicar por que as pessoas chegam a desanimar e a desistir de seus propósitos. Uma delas é a depressão reativa, isto é, deixam o começado só porque as tentativas anteriores não deram certo. Então, por imaturidade ou egoísmo, sentem-se vítimas da sorte. Bem lucrariam em fazer visita a um hospital, onde encontrariam pessoas com problemas muito maiores e cairiam na realidade. Outra razão do desânimo é acharem que não têm outra chance após um resultado infeliz, de modo semelhante àquele fulano que usou no telefone público sua última ficha. Poderia telefonar a cobrar, por que não? A *pressa* costuma ser uma terceira razão de desistência. No açodamento de conseguir resultados, gostariam de puxar a plantinha nova pelo caule tenro, conseguindo apenas rebentá-la. Nessa linha vai a mentalidade de muitos que jogam na Loteria, com a ilusão de enriquecer de repente, garantindo semanalmente nova dose de frustração ao verificarem os resultados.

A chave para o sucesso está em tomar decisão sobre o que é importante e, a partir daí, agir coerentemente todos os dias, na busca desse resultado. Não importa se no início as coisas não estejam dando certo. *"Roma não se fez num dia"*, repete o povo com sabedoria. Os problemas acabam passando. Não desista tão depressa, porque, excetuando o cogumelo, nenhuma planta nasce da noite para o dia. Está esperando algo como uma árvore de madeira de lei? Então, continue regando seu projeto, que o resultado virá com certeza.

• **Quem quer vai, quem não quer, manda.** Por mais importante que seja saber delegar poderes quando se está numa função de liderança, ou você vai atrás do que lhe interessa ou, então, a coisa não sai. Você é o interessado, por exemplo em encontrar uma casa do jeito que gosta. Não adianta mandar outra pessoa no lugar. Você é que poderá sentir aquele algo mais, capaz de satisfazer suas exigências. Uma dose de diligência se faz necessária. Afinal, você quer ou não quer a realização de seu sonho. Conhecido provérbio diz assim: *"Comer e coçar, é só começar"*. Não há por que esperar, desde que percebemos a necessidade pendente. Esperar mais é adiar o sucesso. Ao contrário, dado o impulso inicial e começando a agir, a simples satisfação de ver as coisas acontecendo traz renovado entusiasmo para prosseguir.

• **Não existem fracassos, apenas ~~processos~~ resultados.** Muita gente desanima após tentativas infrutíferas em seus projetos. Arrepiam caminho por não quererem sofrer de novo, com a possibilidade de não acertarem mais uma vez. Imagine só, dedicarem-se inteiramente, para no final ficar desapontados! Chegam mesmo a pensar que, como o intento não foi conseguido, eles mesmos são um fracasso. Aqui está o maior engano. Temos tudo que precisamos para alcançar o que queremos, somos vencedores por vocação desde que nascemos. *Foi para dar certo que viemos ao mundo.*

O problema, quando existe, se reduz ao seguinte: quem deseja escalar montanha alta e desconhecida, começa tentando por um lado, e pode não dar certo. Isso não é fracasso, é apenas a descoberta de que o caminho verdadeiro deve ser outro. Como afirmava Paulo J. Meyer. *"Noventa por cento daqueles que fracassam não estão derrotados... simplesmente desistem"*.

> *"Seu passado não é igual a seu futuro. O que importa não é o ontem, mas o que você faz agora. Muitas pessoas tentam alcançar o futuro usando o espelho retrovisor para se guiar! Se você fizer isso, vai acabar sofrendo um desastre. Em vez disso, deve focalizar o que pode fazer hoje para melhorar a situação."*[19]

Ninguém tem obrigação de nascer sabendo. O processo de aprendizagem mais fundamental, aliás, é o que se faz "por ensaio e erro". A criança tenta montar o jogo de peças de armar, experimenta encaixar deste e daquele modo, até consegui-lo. Ninguém é um fracasso, pelo fato de não ter o resultado desejado logo da primeira vez. O que existe são processos, válidos ou não, com os resultados correspondentes. Aliás, tinha razão Henry Ford ao pronunciar este pensamento

---

[19] ROBBINS, Anthony, *Mensagem de um amigo*, Rio de Janeiro, Ed. Record, 1996, p. 28.

que se tornou célebre: *"Fracassar é apenas a oportunidade de começar novamente, de modo mais inteligente".*

Você pode, sem exagero, usar a expressão "os fracassos nossos de cada dia", porque eles são tão presentes da manhã à noite, como as moscas que nos perturbam em certas épocas do ano. Se prestar atenção, frustramo-nos centenas de vezes por dia, não porque sejamos piores pessoas, apenas porque não temos condições de fazer as coisas saírem perfeitas nem conseguimos evitar as interferências perturbadoras de elementos alheios a nossa vontade. Tentamos calçar o chinelo ao levantar, e ele resiste a encaixar em nosso pé. Sacudimos a escova de dentes após usá-la e lavá-la, e ela escapa de nossas mãos e vai sujar-se no chão. Vamos pegar o carro, e é ele que não quer pegar. Isso ninguém consegue evitar. Daí a necessidade de desenvolvermos a Consciência Crítica, ou seja, a capacidade de discernir entre o resultado verdadeiro e o falso, entre Resultados e Processos.

• **Não lute contra o mal, mas apenas a favor do bem oposto.** Muitos se desesperam na busca de se libertar da pobreza, da deselegância, da timidez, do desemprego, da flacidez muscular, da insônia e de tantos outros problemas. Seguem a estratégia de lutar contra o mal. São como pessoas que, descoberto o ponto fraco e incômodo, põem-se a gesticular nervosos contra ele, insistindo consigo mesmos que precisam afastar-se daquilo. Enquanto isso, tentam ir-se afastando, caminhando de costas para longe, mas... De olhos pregados no problema. Ora, quem anda de marcha a ré está sujeito a tropeçar e machucar-se.

Além disso, quanto mais olha para o problema, mais o fixa na retina e na mente.

Prefiro outra estratégia, porque mais econômica, esperançosa e eficaz. Em primeiro lugar, é importante tomar consciência do problema, para saber de que se trata. Em seguida, procurar quanto antes descobrir qual será a solução, qual o oposto daquele defeito ou daquela falha. Se me acho pobre, vou pensar em ficar rico, mesmo sem esquecer do bom senso. Se me vejo deselegante, quero me voltar para o bom gosto no vestir. Se me sinto tímido e desengonçado, vou fixar a meta oposta no desembaraço, na confiança em mim mesmo e na benevolência dos demais. Se estou desempregado, vou procurar emprego, movendo céus e terras, consultando os Classificados de jornais e revistas e entrevistando pessoas que me possam abrir caminho. Portanto, não se perca em olhar os problemas, atente para as soluções. E você, com certeza, vai vencer.

• **Viva e deixe viver.** A busca de realizar seus projetos pode ser feita sem interferir na vida dos outros e sem deixar que os outros interfiram na sua. O respeito que você merece deve estar bem vivo e presente, quando se põe a campo para pleitear um aumento de salário ou para conseguir ser atendido em alguma repartição pública, para que fique notório e patente que você é o primeiro a se respeitar. Por outro lado, as pessoas não precisam ser atropeladas por nossa "atitude assertiva", ou seja, pela Firmeza na defesa de nossos valores aliada à Serenidade e Educação na maneira de o fazer (porque, já lhe disse, para sermos firmes não precisamos ser estúpidos). Não precisamos ser imaturos e egoístas ao procurar nossos interesses, ao trabalhar pela consecução de nossos ideais. Podemos ser felizes e fazer que os demais o sejam também.

• **Deus ajuda a quem se ajuda.** Costumo dizer que Deus não é Pai de vagabundo, isto é, que todo sucesso é trabalho de "cooperação". Deus é o sócio majoritário, entra com todo o capital e quase todo o trabalho. Fica para nós, colocar tudo que temos e somos (que já é dom do Criador): os conhecimentos e o empenho em fazer do modo que sabemos. Inclusive a ética. Faz poucas horas, uma cliente me contava de um conhecido seu, que vem enriquecendo rapidamente, devido às manobras de corrupção no posto que ocupa no serviço público. Comentei que ele está cavando o buraco onde, mais dia menos dia, vai acabar caindo. Está cavando a própria sepultura com esse dinheiro sujo. Como diz o povo simples e sábio: *"O pouco com Deus é muito, o muito sem Deus é nada!"*.

• **Mais vale quem Deus ajuda do que quem cedo madruga.** Embora pareça contradizer o princípio anterior, na verdade o completa. Porque, como diz aquele outro, *"Deus não se deixa vencer em generosidade"*. Com esse sócio, não há problema sem solução. Sabemos ter as costas quentes e o seguro total contra todo tipo de acidentes. Mas há outro aspecto, ainda mais reconfortante. É que o céu nos fala pelas intuições. Já vimos acima como é importante prestar atenção a esse tipo de conhecimento imediato, pois com frequência é um lampejo que revela possibilidades de ação inesperadas. Ora, a razão mais profunda de recurso tão especial consiste em que, por trás desse alto-falante misterioso, está postado o locutor maior, capaz de descomplicar nossos processos e iluminar os mais escuros caminhos.

• O que você sente depende da imagem que você faz. Gosto da experiência daquela noite, em que não conseguia dormir. Acabara de assistir a um filme violento de caratê, onde nem deu para contar quantos lutadores morriam. Mas o que mais me impressionou foi um touro miura, aquele das touradas, encerrado nos subterrâneos do castelo dos bandidos. Era a arma secreta que usavam para desfazer-se dos desafetos. Já fazia 15 minutos que eu esperava o sono, e... nada! Lembrei-me então do método que aprendera, de seguir com o problema em vez de enfrentá-lo sem mais. Deixei vir o touro, primeiro em ziguezague, depois estacando a trechos, depois voltando de marcha a ré e, finalmente, fazendo-o sentar-se. Desmoralizei o touro, mudei a imagem inicial aterrorizante, e consegui dormir em menos de 5 minutos. O que temos de problemas com pessoas e fatos não provém das pessoas e dos fatos, mas do que ficou deles, de sua imagem, gravada em nossa mente e guardada fielmente no arquivo de nossa memória, com cores, sons e até emoções. Sempre que deles nos lembramos, temo-los de volta com quase toda a força do momento histórico original. Podemos escolher em que queremos concentrar a atenção, ou seja, em que lembrança desejamos fixar o foco de nosso spot mental.

PRINCÍPIOS E CRITÉRIOS

Experimente agora fazer a experiência oposta, como sugeri mais de uma vez a meus clientes. Isto é, a de fechar os olhos e transportar-se para um lugar muito bonito onde já esteve, ou mesmo para o cenário de uma fotografia maravilhosa de que se lembre. Imagine estar ali, vivenciando as cenas, as cores, os sons, tudo enfim de belo e de bom que pode trazer. A emoção imediata será de prazer e bem-estar. Você a provocou com um simples toque de sua decisão, com a facilidade de quem muda o canal da televisão com um toque do controle remoto. Você é livre de olhar para o que quiser. A possível dificuldade inicial pode ser apenas efeito da falta de prática, mas a coisa é tão boa que logo você a domina. Em outras palavras, você é responsável por aquilo que anda sentindo, porque o que sente depende diretamente daquilo que você pensa ou focaliza.

• **As mudanças em nosso exterior modificam nosso modo de ser.** Passei alguns anos no Rio Grande do Sul. Uma cena que trago bem presente, após tanto tempo, é a de um rapaz de origem alemã, trabalhador e bastante simples quando o via a pé. No entanto, quando sentado ao trator, revestia-se de importância fora do comum, como se assumisse o poder da máquina. Você já viu coisas semelhantes, tenho certeza. O que nos interessa aqui, porém, é que o que quer que ponhamos em nós, de fora para dentro, acaba mudando nossas emoções e, quando repetido, termina por modelar nosso comportamento. Em poucas palavras: você quer livrar-se, por exemplo, da depressão? Erga a cabeça, abra o peito, olhe para coisas do alto, respire fundo, alargue um sorriso, ande firme e a passos largos. Não há depressão que agüente. É reação neurofisiológica comprovada.

Quer sentir-se forte para enfrentar uma entrevista próxima e sentir-se à vontade? Vista-se com roupas que mostrem que tem bom gosto, faça a barba (se tiver, é claro), penteie bem o cabelo (se tiver, também), vá para diante do espelho e veja-se tranquilo e dono de si mesmo, falando com serenidade o que acha que poderá dizer. Sua entrevista será um sucesso. O que ocorre nesses casos é que os gestos externos transmitem ao cérebro comandos neurológicos específicos, organizando de fora para dentro a programação de nossos atos. Que o diga Demóstenes, um dos maiores oradores da Grécia antiga, sujeito à gagueira e outras dificuldade de dicção. Conforme narra sua biografia, treinou duramente à beira-mar, discursando em altas vozes com pedrinhas dentro da boca, procurando superar a fraqueza da voz e o estrondo das ondas. Conseguiu!

Pode ser que algumas vezes o caminho mais curto, em vez de nos olharmos ao espelho, seja o de identificar pessoas que já possuem o comportamento desejado. Depois de observá-las com atenção, vamos conseguir imitar-lhes os gestos e, desse modo, também as atitudes internas tão desejadas. Não será de um dia para o outro, mas o resultado virá, seguramente. Portanto, para ter sucesso, entre em contato com pessoas bem-sucedidas, imite seu modo confiante de falar e de agir, sua respiração, seu andar, seus gestos, e perceberá não estar sendo macaqueador superficial. Antes, modelador inteligente de futuro campeão.

Princípios e critérios

• Ninguém fala impunemente as palavras que fala. Andei recolhendo aqui e ali certas expressões portadoras de força transformadora. Umas para nos sentirmos bem, outras para nos darmos mal.

Exemplos das primeiras: *"Todos os dias, sob todos os pontos de vista, estou cada vez melhor". "Acima das nuvens de tempestade, o sol continua a brilhar." "Eu sou capaz e aposto em meu futuro." "A Paz que existe no universo habita meu coração; estou em paz." "Tudo posso naquele que me dá forças." "Se outros puderam, eu também vou conseguir."* E assim por diante.

Exemplos das palavras que fazem mal: "Sei lá!" "Fico na dúvida..." "Estou com medo." "Para mim as coisas nunca dão certo!" "Por que isso sempre acontece comigo?!" "Quando as coisas vão indo bem, fico com medo, porque é quase certo que logo logo alguma coisa ruim vai acontecer". "Não tenho sorte, mesmo!". "Nem adianta tentar, sou um azarado, um desajeitado..." Expressões semelhantes campeiam abundantes por aí. O mal é que as pessoas repetem o que não presta, sem perceber que estão se condicionando a pensar e agir dessa forma, atraindo justamente os efeitos perniciosos que temem. E, por outro lado, deixam de usar expressões construtivas, capazes de modelar sua vida para um crescimento admirável.

Nem pense que apenas as frases influenciam em nossa personalidade. Também as palavras que escolhemos o fazem. Experimente repetir, por exemplo, a palavra *ódio* várias vezes, com os olhos arregalados e em ritmo acelerado; dentro de pouco tempo estará furioso e à procura de quem possa esganar.

Pelo contrário, repita lentamente e com os olhos semicerrados a palavra *Paz*, e vai perceber-se entrando no clima de gostosa tranquilidade.

Recebi certa vez, por ocasião das festas de fim de ano, curioso cartão com algumas dezenas de palavras, que exprimiam os votos de felicidade que me desejavam os remetentes. Pareciam ter percorrido de ponta a ponta o dicionário, escolhendo em cada letra as palavras mais animadoras como:

alegria, amor, aumento, ascensão, ardor, beleza, bondade, caridade, céu, certeza, constância, coragem, coerência, cultura, decisão, doação, dedicação, esmero, elegância, esforço, ética, elevação, entusiasmo etc.

Propositalmente deixo o rol apenas começado, para que você leve em frente esta pesquisa em seu dicionário, enriquecendo não apenas uma lista, mas principalmente seu coração. A repetição de palavras no uso diário, nas conversas e nos escritos, terá o poder quase mágico de transformar você e outros em pessoas mais felizes, abertas para o sucesso.

Como faz bem ouvir, mais ainda falar, expressões como: *"Viver, para mim é uma festa." "Acordo como se tivesse dormido numa nuvem." "Cada dia amanhece para mim como um espetáculo de cores." "Meu trabalho me faz sentir aquecido pela amizade de meus companheiros." "Minha casa é um ninho de amor." "Quando ando pelas ruas, é como se eu fosse um veleiro levado pelo vento da esperança."* E assim por diante.

2° Salão: dos Critérios de Valor

Continuando nossa visita imaginária à Galeria de Arte dos Princípios, entramos agora no Salão reservado aos Critérios de Valor. Critérios são balizas que nos permitirão fazer boas escolhas. Nos Exames Vestibulares chamam-se "gabaritos", referências segundo as quais se poderão julgar os acertos e os erros das respostas. Seguem aqui os seguintes:

1. **O Urgente é aquilo que não pode esperar.** O quadro imaginário poderia representar por exemplo os bombeiros atendendo a um incêndio ou uma ambulância projetando-se veloz pelas ruas da cidade.

2. **O Necessário é aquilo sem o que não dá para viver.** menos de maneira condigna. É aquilo de que não se pode prescindir, embora em graus diversos de premência. O verbo que o significa acredito ser principalmente o *Precisar*. Assim é que, da manhã à noite, precisamos de centenas de coisas, umas mais que outras. Lembrando a pirâmide proposta por Abraham Maslow, escalonam-se as necessidades primárias de sobrevivência como de dormir, alimentar-se, excretar e respirar; depois a necessidade de segurança, a de enturmar-se, a de ser reconhecido nos próprios valores e finalmente a de Realização pessoal. Viktor Frankl acrescentou pessoal a ele a Necessidade de Sentido para a Vida.[20] O que

---

[20] LACERDA, Milton Paulo de, *Um lugar ao sol (Sua vida pode ter sentido)*, Petrópolis, Ed. Vozes, 1995.

é *Necessário* deve vir em primeiro lugar nas escolhas, com exceção daquilo que seja *Urgente*. Tratando-se de Sonhos a realizar, deverão estes ocupar a primeira fila na atenção do sonhador.

3. O Útil não é necessário, mas ajuda. Assim, é interessante ter um ar-condicionado no carro, tanto no calor quanto no frio. No entanto, muitos anos se passaram sem que se tivesse esse dispositivo. É útil ter uma prancheta para tomar notas durante uma reunião informal, feita fora de uma mesa. É útil ter um exaustor na cozinha, para impedir que a fumaça e a gordura invadam o resto da casa. É útil ter mais de um relógio ou aparelho de rádio ou televisão em casa, de modo a atender aos interesses diferentes das pessoas. Havendo, porém, algo necessário, o útil lhe deverá ceder a vez.

4. O apenas Agradável: Suponha que você goste muito de assistir a filmes na televisão, mas haja uma reunião importante no mesmo horário. Esta deve prevalecer. Mesmo que você goste demais de tomar sorvete, será mais importante evitá-lo por alguns dias, no caso de estar gripado. O agradável ou gostoso merece ser procurado, porque o prazer faz parte de nossa natureza. No entanto, o prazer não pode ser erigido como o critério de nossas escolhas, como fazem os outros animais que não são governados pela razão. Não é que devamos então ser frios e calculistas, insensíveis e desumanos. Precisamos antes de tudo verificar se há alguma coisa ou Urgente ou Necessária que deva vir em primeiro lugar.

5. **O Supérfluo**: é, etimologicamente, aquilo que flui por cima, o que sobra quando o copo está cheio e, portanto, começa a transbordar. Nem chega a ser agradável. É evidente que, entre todos os objetos desejáveis, há de ter o último lugar nas escolhas. Para quem tem 15 pares de sapato, não é razoável colocar, como sonho, a compra de mais alguns.

A experiência vai ensinar-nos como lidar com esses Critérios. Eles não são propostos como entraves, mas como instrumentos para melhores escolhas.

3º Salão: dos Critérios de Decisão

Tomar decisões é arte e técnica de uso constante, pois pelo dia a fora nos vemos diante da necessidade de fazer opções, como o viajante que se depara com bifurcações na estrada. Muitas vezes faltam tabuletas de orientação, complicando a vida. Mas, acontece também de elas ali estarem, pedindo que escolhamos seguir pela direita ou pela esquerda. O que acontecer daí para frente será de inteira responsabilidade nossa. Vários podem ser os critérios para tomar Decisões. Por exemplo, o que é justo, o que é verdadeiro, o que é honesto e assim por diante. Mas dentre todos parece ser o mais abrangente este, proposto por Arnold Lazarus, psicólogo comportamental e autor de vários livros. Pode ser expresso simplesmente como aquilo que não prejudica nem a mim nem aos outros.

Ensina a Filosofia, no Tratado da Lógica Formal, que as sentenças com forma negativa são automaticamente universais, isto é, são abrangentes, enquanto as que vêm com forma positiva não o são necessariamente. O critério em pauta inclui tudo que se possa pensar em termos de escolha. Pensando bem, se você precisa escolher entre matricular o filho num curso importante e comprar um terno para você, supondo que o dinheiro esteja curto, vai verificar se a compra do terno poderá prejudicar os estudos do filho.

Outro aspecto interessante desse critério é que coincide com o grande Mandamento "Amar ao próximo como a si mesmo", da mesma forma que uma moeda tem duas faces. Quem não prejudica a si, está amando a si mesmo. Quem não prejudica de maneira alguma o outro, está amando o próximo.

Muito bem! – você me pode estar dizendo. – E daí? Como é que a gente faz na prática para ter sucesso? – Para começo de conversa, se você entendeu o que viemos vendo até agora, percebeu que, levadas a sério, essas ideias vão transbordar em atitudes práticas, pois tudo vem do modo de pensar. O pensamento cria a realidade.

PLANEJANDO O SUCESSO

CAPÍTULO 5

É coisa sabida que sucesso não se improvisa. Você vai colher o que semeou. Nos *Workshops* tenho proposto a seguinte experiência: que os participantes tomem, dentre os sonhos pessoais que haviam levantado no início, um deles considerado ou o mais urgente ou o mais necessário. Façam então uma experiência de Planejamento conforme alguns itens, que vou relacionar logo adiante. Benjamin Franklin, aliás, no século XVIII escrevia: *"Sempre acreditei que um homem de habilidades medianas pudesse operar grandes mudanças e conseguir grandes negócios, se primeiro tivesse um bom plano"*. Essa é a diferença que faz toda a diferença. Porque uma coisa é a *ação* (isto é, produzir) e outra a *agitação* (agir sem propósito, estar simplesmente ocupado o dia todo sem a proposta de construir alguma coisa definida e de valor.

O caminho a ser percorrido num planejamento pode ser precedido por uma sessão mínima de relaxamento, condição para obter o máximo de atenção com o mínimo de desgaste. O relaxamento induz o nível alfa de frequência cerebral, permitindo-lhe pairar num ambiente de pensamento privilegiado, fazendo-o capaz de entrar em contato tanto com os arquivos pessoais da memória quanto com o inconsciente coletivo, do qual poderá colher ideias novas e originais. O tempo gasto com essa preparação pode ser relativamente pequeno.

Planejar é organizar os dados disponíveis, com vistas a conseguir um resultado controlado. Você pode começar pelos 8 passos que proponho.

1. **Determinar uma meta concreta**. Como o atirador que, numa feira, mira com a espingardinha um dos alvos à frente, você vai escolher um de seus sonhos, porque *"quem muito abarca, pouco aperta"*. Deve ser *objetivo bem claro* para você, tão claro que se o explicar a uma criança de 10 anos, ela vai entender imediatamente o que você está querendo. Ao mesmo tempo, deve ser *coisa concreta*, não apenas uma ideia (a felicidade, por exemplo) ou algum sentimento (sentir carinho por alguma pessoa). Deve ser, portanto, *algo observável* e, de algum modo, controlável. Deve ser um objetivo *para você fazer* e nele trabalhar, não para os outros fazerem, do mesmo modo como se diz que não convém fazer promessas para os outros cumprirem.

Embora a sugestão que faço no *Workshop* se limite a um objetivo mais próximo (porque a título apenas de experiência), nada impede que, com maior vagar, você estabeleça Objetivos com maior sofisticação, a saber, o Objetivo Geral da Vida (qual sua missão nesta vida), Metas de Longo Prazo, de Médio Prazo e de Curto Prazo. Estas serão renovadas e reavaliadas em períodos mais ou menos curtos. As de Curto Prazo, ao final de cada dia, em previsão das tarefas do dia seguinte. As de Médio Prazo, ao final da semana, em vista do que precisa ser realizado durante a próxima, assim como ao final do mês, para dar conta do que precisa ser atingido no mês seguinte. E as de Longo Prazo, ao final do semestre ou do ano, para organizar a ação do novo período que vai começar.

2. **Levantar o maior número de motivos para consegui-lo**. Aí reside a força do projeto e a garantia da perseverança em sua realização. Em outras palavras: *Que benefícios me advirão, quando eu conseguir as metas que marquei? Ficarei mais saudável? Terei melhores condições de trabalho? Estarei sendo mais produtivo?*

Fala-se de "força de vontade", elemento necessário para realizar qualquer coisa, principalmente algo de maior preço. Pois, como afirma La Vaissière, Força de Vontade nada mais é que *ter motivos fortes*. No momento em que você detectou o sonho e sintonizou com ele, percebeu sua importância porque teve presentes vários motivos de peso. Se não os anotar logo, a descoberta se desfaz na memória como névoa da manhã ao calor do sol que vai nascendo. Além disso, é importante que você ajunte *o maior número possível* deles, tanto os mais fortes quanto os menos dramáticos, pouco importa.

3. **Pesquisar e anotar os Recursos Pessoais à disposição**. São Recursos Pessoais tudo que você já tem consigo e que possa facilitar essa aquisição. São os talentos que você tem desde já.

4. Ajuda necessária de outros. Há coisas que você ainda não tem ou não sabe e, logicamente, vai precisar *buscar com outras pessoas*, técnicos, lojas, livrarias, bibliotecas e especialistas do ramo, grupos de apoio, instituições etc. Pode tratar-se mesmo de algum empréstimo ou financiamento. Ou então de consulta com algum entendido para esclarecer os caminhos, pois você tem o direito de não ter nascido sabendo todas as coisas.

5. Prazos suficientemente definidos. Qualquer decisão pode ficar condenada ao fracasso, quando não se estabelecem prazos. *"Quando der, eu vejo..."* ou *"Talvez no fim de semana, eu dou uma lida em algum jornal...",* ou *"Vou tentar encontrar alguém que me queira ajudar",* e daí para frente. Tudo vago, pouco definido e, pior ainda, sem dia e hora marcados. Pura trapaça! Coisa muito comum na maioria das pessoas, acostumadas a deixar para depois o que podem fazer agora.

6. Custos possíveis. Há projetos que custam dinheiro. Alguns são menos dispendiosos, outros mais. Se você pretendesse ir com mais alguém à Europa por uns 20 dias ao menos, precisaria desembolsar bem mais do que para adquirir um computador. Ao planejar o que pretende, é importante prever os gastos, conforme o princípio de não dar o passo maior que a perna. Não é que você jamais poderá ir à Europa, só que para tanto precisará poupar por um pouco mais de tempo.

7. Obstáculos previsíveis. Alguns tropeços sempre podem ocorrer na realização de qualquer projeto. Não é preciso alguém achar que é um deserdado da sorte, só porque aparecem dificuldades. Elas fazem parte da própria programação e podem acrescentar maior brilho à conquista.

A maior parte dos obstáculos provém de dentro da gente. A *Timidez*, muitas vezes de origem constitucional ou de temperamento, tolhe os movimentos e impede as iniciativas. Como o nome diz, é um temor de fundo, vago e impreciso, como um laço atrapalhando os passos ou mordaça tapando a boca e nos fazendo calar na hora errada. Nasce da imagem apoucada que fazemos de nós mesmos, juntamente com a valorização exagerada da importância dos outros, acrescentando-se também a previsão atemorizante de possíveis críticas que possam fazer a respeito de nossas iniciativas. A timidez é confundida frequentemente com o medo; no entanto será no máximo um "falso medo", porque sem bases na realidade.

Ocasionais *Fracassos* podem ter deixado um rastro de insegurança sobre nossos projetos atuais, com a impressão de que corremos o risco de novamente falhar. Já deve estar claro que aí existe confusão de conceitos. O que existiu naquelas ocasiões terá sido a escolha de processos infelizes, que só podiam gerar resultados infelizes. É só questão de planejarmos melhores processos. Ou, então, terá sido a sucessão involuntária de acidentes ocorrendo a pequenos intervalos. Por exemplo, suponha que ao escovar os dentes a escova lhe cai no chão com pasta e tudo. Depois você dá uma canelada no pé da cama. Ao sair, o elevador está enguiçado e você precisa descer os muitos andares de seu apartamento até o térreo. Chegando à garagem, encontra o carro com um pneu arriado, e o tempo já está urgindo. Chegando ao escritório ou à escola, percebe que lá se foi a primeira entrevista ou a primeira aula.

Pode continuar, se quiser, com este "roteiro experimental de urucubaca", apenas para se dar conta de que nem isso precisa ser impedimento para a realização de seus projetos. Simplesmente *esqueça e vá em frente!*

Outro problema previsível é que tenhamos um ataque de preguicite aguda. Preguiça é o termo popular para exprimir o que, em Psicologia, chamamos de *Compulsão para o fracasso*. Tem como origem a convicção semi-inconsciente de não merecer o sucesso. Essa convicção foi-se firmando nas capas mais profundas da personalidade a partir de um sem-número de desconsiderações, de variados fatos em que nossa capacidade foi posta em descrédito pelas pessoas que cercaram nossa infância e adolescência. Formou-se assim a certeza indiscriminada de que não fomos feitos para ser felizes, de que não teremos jamais chance real de ser bem-sucedidos, ricos, saudáveis, vitoriosos.

Você poderá encalhar em suas tentativas de navegação pelo mar do sucesso, se houver *Falta de Planejamento*. É disso que estamos tratando. O trabalho organizado sempre terá mais resultados positivos, que a agitação atabalhoada da pessoa imprudente e irrefletida. A parada necessária para colocar no papel os planos de crescimento é fatalmente recompensada por resultados excelentes.

Faz parte dessa dificuldade a *Incoerência* posterior, manifestada em não seguir com perseverança o método idealizado. Não é só por questão de cansaço, mas pela distração imatura, semelhante à de alguém que abandona o caminho da escalada de uma montanha e se embrenha pelo mato à caça de borboletas. Muitas coisas podem distrair-nos na conquista de nossos sonhos, mesmo que continuemos a afirmar que desejamos ser bem-sucedidos.

Problemas de personalidade, basicamente nosso *Script ou Roteiro de Vida*, estão quase sempre interferindo na consecução de nossas metas. Porque grande parte de seus traços se definem como proibições de sucesso. O ideal da pessoa é acertar em seus propósitos, é ser livre e equilibrada, disponível internamente para fazer funcionar e desenvolver o próprio potencial, até suas melhores consequências. Quem não se conhece em profundidade estará sempre sujeito a enredar os pés no emaranhado processo de crescimento.

Três tendências básicas, presentes em doses diferentes na vida de cada um, constituem o lado negativo de nosso Roteiro de Vida: são os "mandatos" Não pense, Não sinta e Não viva. Pelo mandato "Não Pense", somos levados a ser irrefletidos e superficiais e, conseqüentemente, precipitados para tomar decisões. Pelo mandato "Não sinta", ficamos alienados de nossas emoções, desligados mais ou menos de nossos relacionamentos afetivos e incapacitados de sintonizar com nossas necessidades. Pelo mandato "Não viva", julgamo-nos mal-amados e não merecedores de viver a vida com todas as suas maravilhas.

Uma *ambição descontrolada* pode criar sérios obstáculos ao sucesso, porque, como vimos, só cresce quem ajuda os outros a crescer. Ninguém se basta a si mesmo, até para vencer na vida. Cada pessoa tem apenas uma parcela da Verdade e se enriquece com a comunicação das parcelas dos outros pelo Diálogo. De modo semelhante, cada pessoa tem condições de alcançar apenas parcela do Bem e só se enriquecerá se aceitar partilhar com os demais o que é capaz de conseguir de bom, através da Cooperação. Não é só questão de Generosidade, é questão de estratégia e de inteligência. Os egoístas não vão longe com seus equivocados progressos.

Pode ser obstáculo à caminhada o fato de *estarmos apegados a algumas coisas*, incompatíveis com nossos sonhos. Meu pai repetia um provérbio: *"Dois proveitos não cabem num saco"*, querendo significar que às vezes vamos precisar abrir mão de certas vantagens em benefício de algo que dizemos valer mais. A renúncia, como já foi dito, é a atitude inteligente diante de uma escolha melhor. Não é comum que alguém se veja em situação de emergência, como a de incêndio em casa ou de naufrágio iminente do barco em que viaja. Nessas ocasiões, é muito pouco o que pode levar consigo, será preciso pensar rápido e salvar apenas o essencial. *"Vão-se os anéis mas fiquem os dedos"*, diz outro provérbio.

Finalmente, pode atrapalhar bastante o *desestímulo das pessoas conhecidas*, sabedoras de nossos projetos. Por isso se costuma dizer que *"o segredo é a alma do negócio"*. Até certo ponto é verdade, mas não toda a verdade, porque, senão, tornar-se-ia impraticável a cooperação de que falamos acima. Uma historieta curiosa ilustra esse ponto. Conta-se que dez rãs estavam a pular em volta de um latão de leite. Pula que pula, nove delas acabaram caindo dentro, com o risco de se afogarem, se não saltassem para fora. Pulavam, pulavam, tentavam, tentavam... Enquanto isso, a que ficara de fora repetia cheia de pena: *"Não adianta, vocês não vão conseguir"* e coisas assim. Com isso e com o cansaço, uma por uma foi se afogando, com exceção de uma única, que continuou pulando, pulando, até que, de repente, caiu fora. Como se explica a façanha? Era esta mais forte? Era mais constante? Era o quê? Era surda!

8. **Soluções para superar os obstáculos previstos.** Feito o levantamento das dificuldades que poderão ocorrer, você fará bem em organizar desde logo os antídotos correspondentes, assim como o explorador que se mete mato a dentro e leva, na maleta de Primeiros Socorros, algumas vacinas antiofídicas, para o caso de picaduras de cobra. É simples questão de prudência. Mas, como o mesmo explorador do exemplo, você fará bem em levar algumas barras de chocolate que, eventualmente, lhe levantarão o ânimo, se é que gosta de chocolate. Quero dizer, você precisa *recompensar-se após cada um dos pequenos sucessos intermediários*, após a conquista de cada Meta provisória ou Subobjetivo. Primeiro porque você merece. Segundo, porque a recompensa não precisa ficar para o final de todo o processo: este pode demorar um pouco mais. Afinal, já é sucesso você ter chegado àquele ponto, principalmente tendo consciência de que vai prosseguir na caminhada.

Todo esse trabalho de planejamento pode ser feito de maneira simples, sem sofisticação, sem complicação. Mesmo assim, pode ajudá-lo colocar tudo, logo de início, na forma de um quadro, como aparece na maioria dos planejamentos dignos desse nome. Vai aqui um exemplo de como poderá dispor os dados numa folha grande.

OBJETIVO GERAL ("SONHOS")

Metas

Motivos

Recursos pessoais

Recursos alheios

Prazos

Custos

Obstáculos previsíveis

Soluções

CAPÍTULO 6

AFINAL, O QUE É O SUCESSO?

Será ter riqueza? Será tornar-se famoso? Será possuir aquele carro importado, ao qual muitos se referem com "Oh's!" e "Ah's!"? Será chegar ao cargo mais importante da empresa e poder dar ordens a partir de um escritório de carpete fofo, onde só entrem pessoas escolhidas, peneiradas pelo crivo de severa secretária? Será ser eleito por soma considerável de votos nas eleições ou ter o nome nas placas de algum logradouro público? Tudo isso até pode ser chamado de sucesso, na suposição de que você o tenha merecido. No entanto, o mais seguro e o mais conforme à verdade é que sucesso é o resultado feliz e inteligente de muitos esforços, da mesma forma que um enorme e frondoso abacateiro provém de um simples caroço, é verdade, mas acolhido no escondimento da terra, trabalhado longamente por ela com seus sais minerais e abundância de água, ao mesmo tempo que aproveitou do potencial intrínseco, latente no próprio caroço.

Partindo do método de ensaio e erro, método de aprendizagem fundamental em todos os seres vivos, inclusive no ser humano, podemos repetir o que já disseram, que "sucesso é caminhar de fracasso em fracasso, sem perder o entusiasmo". Não é, portanto, a estação de chegada de uma tournée qualquer, é antes a caminhada paciente de uma esperançosa viagem. Como é que uma trepadeira, como o maracujá ou a bougainville, encontra caminho para enroscar-se sempre mais alto e esgalhar para cima os novos brotos, a não ser experimentando aqui e ali as aberturas disponíveis no espaço que lhe é deixado? Como é que as formigas abrem carreiros para subir à mesa e chegar às coisas doces que pretendem carregar para o formigueiro, a não ser tentando cá e lá, até descobrirem aquela cadeira encostada à toalha? Assim fazem todos, assim fazemos nós, quase sempre sem disso tomarmos consciência.

O sucesso identifica-se com a própria vida. Nesse sentido dizia Vicente Avelino que a vida não dá nem empresta, não se comove nem concede. Tudo o que ela faz é retribuir e transformar aquilo que nós lhe oferecemos. Ou, como Júlio Dantas, é em geral depois das grandes fadigas que se sente mais intensamente o prazer de viver. Ou no dizer de Ramalho Ortigão: A vida não é uma festa permanente, é uma evolução constante e rude. Citando Maxwell & Dornan, uma das melhores definições de sucesso que já ouvi é esta: Sucesso é a realização progressiva de um objetivo compensador. Essa definição pode funcionar para qualquer um, não importa qual seja sua atividade. Isso lhe permitirá ajustar o sucesso a seus valores e a sua visão pessoal. Ao mesmo tempo, poderá ver quão importantes são os objetivos, na vida.[21]

---

[21] MAXWELL, John C. & DORNAN, Jim, *Estratégias para o sucesso*, Parte I, S. Paulo, Ed. Pro Net, 1996, p. 73.

Segundo o Aurélio, sucesso identifica-se com bom êxito, resultado feliz (acepção 4). Ou também Livro, filme, espetáculo etc. que alcança grande êxito (acepção 5), ou ainda Autor, artista etc. de grande prestígio e/ou popularidade (acepção 6). Sempre, portanto, alguma coisa que deu certo, devido a um projeto inteligente e a um esforço mais ou menos prolongado em sua realização.

Será sucesso para mim a confecção deste livro. Para você, o fato de tê-lo lido até este ponto e até o fim, e sentir que lhe foi útil. Para todos a constatação de ter cursado variados estudos, ter conhecido pessoas interessantes, experimentado descobertas fascinantes, participado de atividades festivas e recebido o certificado final de aprovação.

Será sucesso para muitos arranjar bom emprego, encontrar pessoa legal com quem consiga formar nova família, ter filhos, estabilizar-se financeiramente e garantir boa segurança nesse campo, cercar-se de algumas pequenas comodidades da tecnologia moderna como carro e aparelho de som, entrar na Internet, viajar pelo país ou pelo exterior periodicamente, tirar férias todo ano, ter boa poupança assim como Conta bancária interessante, poder socorrer solidamente os familiares, apoiar entidades filantrópicas e campanhas de benemerência, ter tempo disponível para desenvolver *hobbies* ou amadorismos e, de modo particular, ter a sua volta um bom número de amigos fiéis.

Como toda moeda tem cara e coroa, assim sucesso e bom relacionamento com pessoas fazem um binômio necessário. Um não se dá sem o outro. Apenas parte do bom ajustamento se porá na conta de um temperamento mais sociável. Sheldon, um clássico no assunto dos temperamentos (ver "As variedades dos temperamentos") apresenta o tipo viscerotônico, aquele em quem predomina o aspecto visceral e possui formas arredondadas, como o mais apto para relacionar-se, por sua espontaneidade e alegria. Isso não impede que qualquer outro temperamento chegue a superar ou o fechamento (próprio do cerebrotônico) ou a dureza (do somatotônico), adquirindo pelo treinamento o que a natureza não lhe concedeu de mão beijada pelo nascimento.

É conhecido o fato narrado na biografia de Paul Gignac, educador francês, de caráter ríspido e duro, mas desejoso de tornar-se amável e acolhedor. Mais de uma vez foi surpreendido em seu quarto, pelos olhos curiosos de quem o espreitava pelo buraco da fechadura, a ensaiar diante do espelho um rosto sorridente. Ele foi um sucesso.

Sucesso, afinal, será a realização de nossos sonhos, como dizíamos no início. A vida já é um grande sonho, primeiro daquele que nos criou, sonho de amor e predileção. Já o dizia Pedro Calderón de La Barca, escritor clássico da literatura espanhola no século XVII, em seu poema *"La vida es sueño"*. Sonho nosso, ao olharmos a vida como conjunto, na medida em que a assumimos com sentido e responsabilidade, como empresa, desafio, projeto e processo. Uma vida bem vivida, "curtida" no melhor sentido, é um enorme sucesso, tão original quanto é verdade que cada um de nós é um ser irrepetível no cenário do universo. O entusiasmo e a empolgação surgem espontâneos da visão ampla de nosso significado dentro do mundo. Só não o entende quem ainda não atinou com sua função única no concerto das coisas.

Que sinais você pode conservar como critérios para distinguir a presença do sucesso na vida das pessoas?

- Dentre todos os sonhos e formas de sucesso, o maior será a construção da paz dentro de si mesmo e da harmonia entre os homens e as mulheres de nosso tempo.
- Será a conquista da autonomia pessoal, assim como a abertura de caminhos de realização para o maior número de pessoas.
- Será poder encontrar Deus como centro de sua personalidade e como a fonte mais profunda do amor que vai distribuindo a toda volta.
- Será saber lidar com seu passado, como arquivo histórico, pacificado pelo perdão de si mesmo e dos possíveis ofensores, e manter a atitude de semear no presente com abundância, para justificar uma grande esperança a respeito do futuro.
- Será adquirir a atitude de Assertividade, pela qual saberá defender com garra os direitos (seus e dos outros sob sua dependência), mantendo ao mesmo tempo a linha de diplomacia autêntica, distante dos extremos da Submissão covarde e da Agressividade inútil.
- Será fazer as coisas bem feitas, sem a tendência de as fazer todas perfeitas, pois errar é humano e só insistir no erro é burrice.
- Será saber acolher as ideias dos outros e pedir ajuda

quando necessária, sem receio de mostrar suas fraquezas, sabendo que ninguém se basta a si mesmo. Igualmente permitir-se entrar em sintonia com o que os outros sentem, compadecendo-se dos que sofrem alguma dor, alegrando-se com os que vibram de alegria e agradecendo tudo de bom que recebe.

- Será ser pronto em assumir o que precisa ser feito, sem delongas desnecessárias, marcando o tempo para que as coisas sejam realizadas, e terminando as coisas que começou.
- Será ter a liberdade interior e exterior de dizer "Não" sem sentimento de culpa, quando alguma proposta parecer ameaçar o respeito que você merece ou roubar seu tempo ou invadir sua privacidade, não dizendo "Sim" quando quer dizer "Não" e não querendo agradar a todo mundo, quando isso possa prejudicar sua dignidade.
- Será saber administrar seu tempo, sem gastá-lo à toa e também sem precipitação, fazendo seus compromissos um depois do outro sem afobação, em paz.
- Será fazer por si mesmo as coisas que pode fazer, sem parasitismo, sem dependência desnecessária para com os outros, acreditando no próprio potencial.
- Será ter a flexibilidade e a paciência de mudar o rumo da ação quando necessário, não insistindo em processos que se mostraram ineficazes, experimentando novos modos de agir.
- Será ter a atitude de igualdade, de colocar-se nem mais nem menos importante que os outros, considerando que

cada pessoa tem muitas qualidades (basta descobri-las), embora você e os outros tenham também limitações (por certo em menor número que as qualidades).

- Será saber dar largas às emoções autênticas de alegria, amor, prazer, tranquilidade, medo, tristeza, raiva e desprazer, mantendo-as sem repressão mas, ao mesmo tempo, sob o controle do bom senso, assim como quem permite ter o aparelho de som ligado, mas sabe adequar seu volume ao ambiente.

- Será cuidar de maneira suficiente e equilibrada da saúde física, sabendo que a mente sã depende também de um corpo são, evitando os exageros no comer, no beber, no dormir e no uso do sexo.

- Será manter vivos os motivos que o levaram a empreender a conquista de seus sonhos, renovando-os com frequência para que continuem a ser a mola propulsora da ação.

- Será estar dando as respostas que o mundo a sua volta está pedindo.

- Será possuir uma forte Consciência Crítica, capaz de discernir o que é mais justo, verdadeiro e não prejudique nem a você nem aos outros.

- Será ser persistente no caminho começado, sem desânimos ou hesitações, sejam quais forem as dificuldades que se apresentem.

- Será manter-se em constante treinamento durante toda a vida, em estado de "formação permanente", consciente de que só os competentes e atualizados terão sucesso.

CAPÍTULO 7

COMO GARANTIR O SUCESSO

"Receitas para ter sucesso" acabaria sendo título pretensioso para este capítulo. O conjunto de condições e princípios precisa dar o braço a algumas técnicas, para juntos chegarem a um resultado feliz. Convido-o a complementarmos esta reflexão sobre o sucesso, como fazem o alfaiate e a costureira, ao passarem suas costuras na máquina de *overlock*, a fim de protegê-las de se desfiar e perder todo o trabalho feito.

Em primeiríssimo lugar, dentro do princípio de que *"só se desilude quem andava iludido"*, quero adverti-lo de que a vida é processo constante, em todos os seus aspectos, e que, como consequência, toda ela precisa ser treinamento contínuo. Não basta você ou eu começarmos umas tantas leituras e experimentarmos algumas estratégias, para garantir a boa caminhada. Dessa forma agem os pianistas, com suas seis horas de treinamento diário, prontos a todo momento para se apresentarem num recital. O mesmo se diga dos executivos, economistas e administradores, sempre a par das notícias do mundo dos negócios, de modo a darem respostas prontas aos desafios de cada dia.

O que podemos perceber em todas as pessoas de sucesso é forte dose de autodisciplina. Existe a disciplina externa, própria dos que são comandados e recebem ordens, caso dos militares nos quartéis, dos marujos nos navios, dos religiosos nos conventos, dos alunos nas escolas. Muito mais importante, porém, a disciplina que vem de dentro e nasce das próprias convicções. Esta é a que decide sobre ter criatividade e iniciativa, dedicação e perseverança, desenvolvimento e sucesso.

Em segundo lugar, nunca é tarde para ter sucesso. Pode ser que você, meu caro, não seja mais adolescente ou sequer jovem. Pode ter entrado nos "enta" (quarenta, cinquenta...) e até mesmo começar a ser chamado com nomes que, em outros tempos, eu julgava quase ofensivos, como "sexagenário", "setuagenário" e assim por diante. Sobre tal caso, escrevi, faz poucas semanas, para um tio que completou seus vigorosos e saudáveis oitenta anos.

> *"Vamos deixar para lá as teorias. O importante é fazer a distinção entre o velho e o idoso. Velho é quem desistiu de viver. Idoso é quem viveu muitos anos e adquiriu sabedoria. O velho carrega pesada carga, olhando mais ou menos acabrunhado para o lado das limitações a que está sujeito. O idoso, pelo contrário, abre o peito e levanta a cabeça para contemplar a vida, como o alpinista, vitorioso por já ter alcançado picos muito altos,*

que outros não souberam ainda conquistar. Contempla do alto da sabedoria as realizações da própria vida, assim como consegue distinguir, com visão privilegiada, os acontecimentos da História. Longe de estar sozinho, como pode acontecer com alguns alpinistas, percebe que carregou consigo muitos outros, aos quais ajudou a descobrir os caminhos de ascensão para o sucesso."

Poderia trazer também para você o texto feliz, tantas vezes citado, do General Douglas MacArthur, dirigindo-se aos cadetes da Academia Militar de West Point:

"Qualquer que seja a idade, há no coração de cada ser humano o amor da maravilha, do desafio indômito aos fatos e de uma infalível sensação de prelibação infantil pelo que 'vem depois' no trabalho e no jogo da vida. Você é tão jovem quanto sua fé, tão velho quanto suas dúvidas; tão jovem quanto sua autoconfiança, tão velho quanto seu medo; tão jovem quanto sua esperança, tão velho quanto seu desespero. No âmago de seu coração há uma câmera de gravação. Enquanto ela receber mensagens de beleza, esperança, alegria e coragem, você é jovem".

Uma coisa é ter alguém trabalhado duro por muitos anos, outra é ser considerado por isso inapto para o trabalho, simplesmente porque atingiu 60 ou 65 anos, como querem as leis da aposentadoria compulsória. Se isto é questionável em termos de legislação, mais ainda o é se consideramos o vigor com que tantas pessoas idosas continuam à frente de suas ocupações atuais, verdadeiro "trabalho compulsório", isto sim.

Em terceiro lugar, não há coisa mais louca do que querer conseguir resultados novos e melhores, se a gente continua fazendo exatamente o que fazia antes, com resultados insatisfatórios. Em vez daquele ditado de mau gosto *"Os incomodados que se retirem"*, seria oportuno dizermos *"Os insatisfeitos que mudem de processo, se querem bons resultados"*. Importa sermos flexíveis. Não adianta insistir nos treinos de Fórmula-1, em vista de melhores marcas de velocidade, se os construtores da equipe teimam em não fazer modificações seja no motor seja na suspensão. Se a ferramenta em nossa mão para consertar um carro não é a apropriada, nada mais razoável que buscar a ferramenta certa. Os Alcoólicos Anônimos repetem à saciedade este pensamento lapidar: *"Insanidade é fazer repetidamente as mesmas coisas, esperando resultados diferentes"*.

Ninguém vence o tempo todo. Os latinos diziam *"errando se aprende"* (*errando discitur*). O importante é transformar os erros em novas oportunidades, os fracassos em novas experiências, os insucessos em modos mais inteligentes de recomeçar. Pelo contrário, bem ao estilo do efeito Dominó, sucesso produz sucesso, numa reação em cadeia. Depois que começamos a acertar, outros acertos parecem ser atraídos como em passe de mágica.

Em quarto lugar, o sucesso nosso depende de promover os outros. Ninguém cresce sozinho, para falar a verdade. Somos felizes e crescemos, quando percebemos o resultado esperado, ou mais do que o esperado, onde outras pessoas são beneficiadas. O Dr. Albert Schweitzer dizia que serão realmente felizes aqueles que procurarem e aprenderem a servir. Parece-nos estar escutando aqui o eco das palavras de Jesus Cristo: *"Ninguém tem maior amor do que aquele que dá a vida por seus amigos"* (Jo 15). Ora, na maioria das vezes, estamos na condição, não de dar a vida pela morte, mas entregando-a aos pedacinhos no dia a dia, nas inumeráveis situações de ajudar os outros a se realizarem como pessoas.

Em quinto lugar, a doação genuína acaba se expressando num clima de constante bom humor. *"Um Santo triste é um triste santo"*, repetiam nossos avós, para confirmar que as atitudes de autêntica positividade e abertura para o outro transbordam natural e espontaneamente em forma de alegria e festa. Também numa empresa, estão de preferência na mira de promoção aqueles que melhor se relacionam com os outros e mostram entusiasmo, mais que os que apenas mostram bom desempenho em seus cargos. O bom humor alivia as tensões e desanuvia o ambiente de trabalho.

Está bem presente em minha memória a sessão de terapia do riso, dirigida pela notável Drª. Muriel James, durante um Congresso de Análise Transacional, em Belo Horizonte. Fez-nos rir por muitos minutos, sem mais recursos que o de começar, ela mesma, a rir cada vez mais. O auditório quase veio abaixo, de tanto que nos sacudíamos. Em seguida foi ela explicando os benefícios de relaxamento, oxigenação e transformações quími-cas das células cerebrais, adquiridos com tal exercício, como a produção da endorfina, o anestésico natural do organismo. Aí também se supõe o bom senso na escolha do tipo de piadas ou brincadeiras, porque nem tudo que faz rir nos ajuda de verdade a conservar o nível da dignidade e do bom senso.

Outro aspecto desse bom humor é a forma pela qual podemos responder, quando nos perguntam: *"Como vai?"* Muita gente, julgando-se mais honesta em contar as dificuldades e acreditando tratar-se de ser modesta, responde, por exemplo: *"Vou indo, assim, assim"*. Ou então *"Não tão bem quanto você"*. Ou ainda *"Vou levando, como Deus manda"*. São expressões de mau humor, de espírito desgastado, de desânimo maldisfarçado, para não dizer, de depressão crônica.

Cabe então, repito, uma resposta verdadeira e honesta, sim, e que levante o ânimo nosso e dos outros, como: *"Estou cada vez melhor!"* A reação é imediata. O interlocutor visivelmente inspira maior quantidade de ar, arregala os olhos, esboça um sorriso de surpresa e vê-se balançado em sua atitude tendente ao pessimismo. O uso sistemático desta forma de responder tem comprovado que podemos ajudar os outros a refletir sobre o outro lado das coisas, o lado mais bonito e colorido, tão real quanto o dos problemas.

Vem-me à memória o canto de um grupo grande de crianças:

> *"A hora de ser feliz é agora,*
> *o lugar de ser feliz é aqui,*
> *a maneira de ser feliz*
> *é fazer alguém feliz.*
> *E teremos um ceuzinho aqui."*

Em sexto lugar, é necessária uma constante busca da maturidade. Vivemos sob a influência natural dos impulsos com que nascemos. São as forças primitivas do inconsciente, enfeixadas pelo laço do Princípio do Prazer, levando-nos a buscar o de que gostamos, colocando-nos em oposição ao desprazer. A tendência congênita de qualquer um é buscar nessa região submersa, sombria e ameaçadora, a fonte de motivação das próprias ações e deixar-se levar por seu primitivismo selvagem. Movidos por essa inclinação, buscaríamos apenas o que nos agrada, com prejuízo da convivência. Entregar-nos-íamos à suscetibilidade e à vingança, à inveja e à disputa pelas coisas interessantes, seríamos tomados pelo ressentimento ou pela timidez, erguer-nos-íamos com o ódio destruidor ou com a arrogância agressiva e assim por diante. Ora, nesse clima é impossível o sucesso.

> *"Imaturo é aquele em quem predomina o inconsciente em proporção maior e mais compulsivamente. Tais indivíduos deformam a realidade, projetando seu mundo interior no mundo exterior, e identificando-os. Quanto mais predominam as intenções conscientes em uma personalidade, maior serão a maturidade e o equilíbrio."*[22]

A pessoa madura tem sob controle adulto esse poten-

---

[22] LARRAÑAGA, Inácio, *Suba comigo*, S. Paulo, Ed. Paulinas, 1968, p. 65.

cial indomado, domesticando-o como a um puro-sangue ainda selvagem, até torná-lo dócil e capaz de produzir trabalho.

Em sétimo lugar, é bom recordar que a melhor defesa é o ataque. Ou seja, quem fica na defensiva, escorando os "golpes da sorte" (melhor diria "do azar"), acaba cansando e caindo no desânimo. Uma coisa é que o boxeador lute para *ganhar*, outra que lute apenas para *não perder*. O enfoque mental faz toda a diferença. Lutar para ganhar é positivo, é agressividade útil, é energia que acredita em si mesma e aguarda o momento de cantar vitória. Por outro lado, lutar para não perder é pensar na possibilidade de perder, é negativo e gerador de ansiedade, roubando com isso boa parte da energia necessária para a vitória. A imagem presente na tela mental é diferente, de um para o outro caso. Ora, a imagem tem mais poder que qualquer razão. É a mola principal de nossos atos. Conforme as cores com que pintamos nossas expectativas, tal será o resultado. Os entendidos em pintura sabem quanto significa a dosagem de sombras no conjunto de uma tela, quanto representa na tendência de personalidade de seu autor.

Como fonte estratégica de nossa motivação, a imagem positiva precisa ser alimentada, tal como se faz com a lareira. Querendo que esta permaneça acesa durante toda a noite, de vez em quando será preciso colocar mais algumas achas sobre o braseiro, antes que o monte inicial de lenha se reduza a um punhado fofo de cinzas inativas.

Em oitavo lugar, proponho aqui sugestões de caráter ainda mais prático, como estratégias para organizar a caminhada para o sucesso.

1. Exerça influência positiva sobre si mesmo, controlando o que pensa e, consequentemente, fala. Você é a influência mais poderosa a sua volta, pois está falando (pelo pensamento) o dia todo consigo mesmo. Não se fala ou pensa impunemente o que se pensa ou fala (para si ou para os outros). Portanto, a) pare de se queixar da vida; b) anote as coisas boas que o cercam, para tomar consciência sobre o lado bonito da vida; c) repita essa preciosa lista para si mesmo e fale desses itens também para os outros (você com isso se compromete a ser positivo); d) proteja a seriedade de seu compromisso, não admitindo exceções (por exemplo, *só desta vez vou beber uma cerveja*" ou *"só um cigarrinho, para matar a saudade*" etc.), porque esse tipo de concessão acaba com o ímpeto necessário à renovação.

2. Todos os dias repita para si mesmo uma série de pensamentos positivos de eficácia comprovada. Faça-o logo antes de dormir e nos primeiros momentos após acordar no dia seguinte. "Levante-se em estado de vibração interior. Vá até a janela, respire o ar puro do amanhecer e saúde o dia; não pense demais nas palavras; simplesmente extravase sua alegria, dando Bom-Dia ao sol, à chuva, aos pássaros, às plantas, às flores, às pessoas que já estão circulando na rua. Diante do espelho, sorria para si mesmo. Sim, sorria com

vontade e diga que gosta muito de você. Diga que você é um sujeito bacana, um cara legal, bem-sucedido, bonitão, simpático, inteligente. E sorria, sorria, sorria".[23]

Mais de uma lista existe do tipo que convém você repetir para si mesmo. Sugiro a seguinte: A cada dia sou mais e mais otimista. Crio meus projetos, minhas metas e meus ideais e acredito na realização de todos eles. Sou confiante em mim mesmo, seguro de mim e muito positivo. Sei que todos os acontecimentos me conduzem para o melhor. Acredito que Deus habita meu íntimo e me guia divinamente. Sei que tudo o que crio na mente, com fé, acontece, por isto sou sempre positivo. Sou alegre e despreocupado, porque sei que conduzo minha vida para onde eu quiser. Dificuldades e contratempos não me atingem, porque tenho certeza que minha fé remove montanhas. Minha saúde está cada dia melhor. A felicidade habita meu coração. Sou otimista porque sei que meus desejos se tornam realidade. Para mim o amanhã não é mais do que o hoje do ontem, daí que sou dono de minha vida. Conduzo meus passos e sei que sempre chego aonde pretendo chegar. Irradio luz, confiança e otimismo para todas as pessoas. Minha vida é uma festa. Sou verdadeiramente otimista, muito otimista.[24] Tire uma cópia e plastifique, para tê-la à mão com facilidade naquela hora.

---

[23] TREVISAN, Lauro, *O poder infinito de sua mente*, 106ª ed., Santa Maria, RS, Ed. da Mente, p. 67.
[24] TREVISAN, Lauro, *Otimismo e felicidade*, 4ª ed., Santa Maria, RS, Ed. da Mente, 1994, p. 146.

3. Coloque bem à vista uma figura ou um símbolo de sua meta. Tenha, por exemplo, um recorte de revista dentro de sua agenda, como sugeri a uma cliente: o retrato de uma mulher esbelta, para lembrar-lhe o propósito de começar e manter seu regime para emagrecer. Ou como o amigo, cuja casa de praia ficou exposta em esboço na sala de estar de seu apartamento e que agora já está pronta.

4. Comece bem o dia, preparando-o de véspera. O segredo de um acordar animado e sob controle depende da programação que você faça antes de dormir. Aproveite o momento para anotar *os itens de compromisso para o dia seguinte*, ou na agenda ou numa folhinha mais portátil. Juntamente com as ideias do item 2, costumo propor breve sessão para quando já estiver deitado, a fim de preparar o sono: *relaxamento*, maior ou menor conforme a necessidade, *afirmar* que vai ter um sono repousante, tranquilo, direto e restaurador, *marcar a hora* em que deseja acordar e lembrar os *objetivos* para o dia seguinte.

5. Escute fitas gravadas de oradores ou palestrantes de boa formação, ao menos uma por semana, para duas finalidades: para aprender *técnicas* de sucesso e para renovar a *motivação* no trabalho começado. O estímulo proveniente dos mestres vem a ser uma fonte de energização para nossas boas vontades.

6. Leia diariamente um bom livro de motivação, dos quais felizmente existe boa quantidade à disposição

nas livrarias.[25] Livros de Pensamento Positivo, de como caminhar para o sucesso, de administrar melhor a vida e o tempo de que dispomos, de como organizar o próprio trabalho, de outros temas semelhantes, enfim. Meia hora diária é um bom começo.

7. Mantenha a dieta mental, vigiando sobre quaisquer *pensamentos* pessimistas ou derrotistas que possam surgir, cancelando-os de imediato, traçando mentalmente sobre eles um grande X vermelho com um pincel imaginário; e logo em seguida substituindo-o por alguma imagem ou ideia construtiva.

8. Conserve um programa razoável de exercício físico e de lazer, porque não somos máquinas. Aliás, até elas precisam de manutenção e descanso. Veja com o médico o que lhe convém no campo da saúde e com o psicólogo sobre seu lazer.

---

[25] Uma lista de livros de Motivação pode incluir, por exemplo, os seguintes:
- *O Poder infinito de sua Mente*, Lauro Trevisan, Ed. da Mente (também os outros livros do autor).
- *Além do Topo*, Zig Ziglar, Ed. Record.
- *Como fazer amigos e influenciar pessoas*, Dale Carnegie.
- *Viva bem com você mesmo*, Valerie Moolman, Ed. Pro Net.
- *Socorro! Preciso de Motivação*, Luiz Marins Filho, Ed. Pro Net.
- *Estratégias para o Sucesso*, John C. Maxwell & Jim Dornan, Ed. Pro Net.
- *Mensagens de um Amigo*, Anthony Robbins, Ed. Record, 1996.
- *Poder sem limites*, Anthony Robbins, Ed. Best Seller.
- *Desperte o Gigante Interior*, Anthony Robbins, Ed. Record.
- *Você pode se acha que pode*, Norman Vincent Peale, Ed. Cultrix (e os demais do autor).
- Meus livros, pela Ed. Vozes: *Bem junto do Coração* (Psicologia da amizade), *Um lugar ao sol* (Psicologia do sentido da vida), *O Certo e o Errado* (O desafio de permanecer livres), *Paciência, Ter ou não Ter* (Psicologia dos momentos conturbados).

9. Faça uma revisão de como foi o dia, ao menos à noite, antes de dormir, para avaliar os progressos, corrigir o rumo onde necessário e agradecer os passos bem-sucedidos. Isso é uma questão de boa administração. Principalmente se seu objetivo é algo difícil, como parar de fumar ou de beber, vai ajudar muito comprometer-se com alguém que esteja na mesma necessidade, de se telefonarem, todo dia, dando-se conta mutuamente de como vão levando o programa.

10. Renove seu planejamento periodicamente: no fim do dia, da semana, do mês e do semestre, conforme os objetivos sejam de curto, médio ou longo prazo. Isso vai mantê-lo aceso e desperto para a consecução dos mesmos. A cada 5 anos, aproximadamente, reveja os grandes objetivos, para a devida correção de rumo e, como sempre, preveja os prazos para sua consecução assim como as linhas gerais de planejamento, como acima. Um dos benefícios de ser organizado é que, ao se cumprirem as primeiras metas, outras começam a se manifestar, de forma intrigante e cada vez mais fascinante. Fale mesmo com pessoas que lhe querem bem (não com qualquer "espírito de porco") e conte sobre seus objetivos, pois isso o fará sentir-se apoiado e protegido.

CAPÍTULO 8

UM SONHO DE LIBERDADE

Assisti eletrizado ao filme com esse nome na televisão, à noite, após os últimos atendimentos em meu consultório. Baseava-se no conto original inglês de Stephen King, "The Shawshank Redemption", como era chamada uma das penitenciárias mais duras dos Estados Unidos. O diretor, um corrupto, escondia o sadismo por trás da fachada de uma religiosidade bíblica. Tinha como colaborador direto o chefe da guarda, homem sempre disposto a bater e, por quase nada, matar os internos, a pancadas de cassetete, tiros e pontapés.

Um banqueiro, Andy (Tim Robbins), cuja esposa havia sido assassinada em companhia do amante, foi indiciado como culpado e injustamente condenado a dupla prisão perpétua naquela famigerada instituição penal. Passa por ataques brutais de um grupo de estupradores, por várias detenções prolongadas na solitária, caindo porém, até certo ponto, nas graças do diretor, que usava seus conhecimentos de finanças e contabilidade para fazer a "lavagem do dinheiro sujo" de suas manobras corruptas. O presidiário inocente aproveitou-se da situação privilegiada para três coisas: trazer para dentro daquelas paredes um pouco de humanização, conseguindo formar a biblioteca bem organizada onde os presos podiam desenvolver o gosto pela leitura e ouvir boa música. Formar um dossiê que oportunamente poderia usar contra a direção iníqua do presídio. E ir amealhando em vários bancos os depósitos em nome de um personagem fictício, para o qual foi conseguindo todos os documentos como se fosse pessoa real. A partir daí, durante 19 anos de reclusão e sofrimento e com a simpatia e colaboração do veterano Red (Morgan Freeman), companheiro fiel, foi articulando em absoluto segredo um plano genial de fuga, inesperado para o amigo e imprevisível até para os telespectadores. Era seu sonho, o sonho da liberdade.

Em noite de tempestade que lhe acobertou os movimentos, fugiu por um túnel escavado a meia altura da parede, por trás de um dos muitos pôsteres de artistas famosas, de que fazia coleção na cela. Após a escapada sensacional, usou a imagem do personagem fictício que criara, recolheu o dinheiro dos vários bancos e foi para uma ilha desconhecida do Pacífico, onde jamais seria encontrado. Deixou as pistas necessárias para que seu amigo, Red, quando solto, pudesse encontrá-lo, o que realmente acontece no final do filme.

Os sonhos podem realizar-se, por mais terríveis tenham sido as condições da vida de qualquer pessoa. Difícil conceber existência mais sofrida, injusta e desamparada, do que a retratada naquela história. Mesmo assim, a mensagem explícita com que o romance e a película vão chegando ao fim, deixa bem claro que a esperança, a abertura para sonhar com dias melhores, merece ser levada em consideração. Red tentara dissuadir Andy de sonhar com a liberdade, pois temia que tal atitude o levasse à loucura. Mas este, com a maior discrição e segredo, manteve acesa a chama da esperança. Parecia ter lido o que o Paulo escreve aos cristãos de Roma: *"A Esperança não decepciona"*.

Começamos este livro citando outra experiência dramática, a do psiquiatra Dr. Viktor Frankl, criador da terceira escola de Viena, encerrado em campos de concentração nazista, perdendo ali pai, mãe, irmão e esposa. Todo o sucesso se desenrola no palco da vida como peça dramática, porque não há como evitarmos o sofrimento. Gordon W. Allport, ex-professor de Psicologia na Universidade de Harvard e um dos maiores escritores e professores sobre o assunto, ao prefaciar o livro fundamental de Frankl, "Em busca de sentido: Um psicólogo no campo de concentração", não consegue reter a exclamação que ali deixou exarada:

> *"Como foi que ele – tendo perdido tudo o que era seu, com todos os seus valores destruídos, sofrendo de fome, do frio e da brutalidade, esperando a cada momento sua exterminação final – conseguiu encarar a vida como algo que valia a pena preservar?"*

Foi bem lembrado que não é o que fizemos ou vivemos no passado o que importa, mas sim o que vamos agora fazer e viver. Nessa linha, o mesmo Allport indica a focalização de se ter um sentido para a vida como a explicação de sua sobrevivência, ao mesmo tempo que traça um paralelo entre Frankl e Freud, seu predecessor:

"Os dois médicos se preocuparam basicamente com a natureza e a cura das neuroses. Freud encontra a raiz destas desordens angustiantes na ansiedade causada por motivos inconscientes e conflitantes. Frankl distingue várias formas de neurose e atribui algumas delas (as neuroses noogênicas) à incapacidade de encontrar um sentido e um senso de responsabilidade em sua existência. Freud acentua as frustrações da vida sexual; Frankl, a frustração da vontade de sentido".

Nós, que buscamos pistas para obter os melhores resultados na vida menos trágica que vivemos, estamos talvez distantes das angústias que cercaram sua vida e a de muitos outros. Não passamos, como eles,

"a fria e distante curiosidade de saber o próprio destino, nem as estratégias apertadas de sobrevivência do que resta de vida, apesar de as chances de sobreviver serem pequenas". Nem precisamos enfrentar "a fome, a humilhação, o medo e a profunda raiva das injustiças, dominadas graças às imagens sempre presentes de pessoas amadas, graças ao sentimento religioso, a um amargo senso de humor e até mesmo graças às visões curativas de belezas naturais – uma árvore ou um pôr do sol".

Às vezes, é justamente no contraste chocante de um paradoxo, que vamos encontrar resposta para nossa busca.

Esta obra foi composta em CTcP
Capa: Supremo 250g – Miolo: Pólen Soft 80g
Impressão e acabamento
Gráfica e Editora Santuário